s.mo verlag

Veröffentlicht mit der freundlichen Unterstützung
des Luxemburger Fonds Culturel

Gestaltung Buchumschlag: Stephan Moll
Lektorat: Kerstin Maass
ISBN 978-3-940760-73-9

Bibliographische Information der Deutschen Bibliothek:

Die Deutsche Bibliothek verzeichnet diese Publikation in der Deutschen Nationalbibliographie; detaillierte bibliographische Daten sind im Internet über http://dnb.ddb.de abrufbar.

HÜBEN &
DRÜBEN

DËS SÄIT &
DÉI SÄIT

Die Personen und Handlungen sind frei erfunden.
Ähnlichkeiten sind rein zufällig.

Straßennamen, öffentliche Gebäude und Denkmäler hingegen sind fester Bestandteil unserer Stadt und bilden die grandiose Kulisse, vor welcher die Kriminalgeschichten spielen.

Rita Wennmacher

Tatort Trier: Dem Grof Siggi séng Muselbuerg

1

Wie konnte das bloß passieren, fragte er sich, als er nach tiefer Bewusstlosigkeit langsam zu sich kam. *Ich kann es einfach nicht verstehen. Meine Haare sind mit Blut verklebt, wie lange liege ich bereits hier? Eine Stunde? Zwei? Oder noch länger? Oh, mein Kopf! Oh, ich kann diese Schmerzen nicht mehr ertragen ...*

Als Peter Mohr nach einer weiteren kurzen Bewusstlosigkeit wieder erwachte - die Schmerzen hatten ihn geweckt - erinnerte er sich dunkel daran, wie er in diese missliche Lage geraten sein konnte. Nach und nach wurde das Bild deutlicher. Er hatte einen Streit mit Rosi gehabt, seiner lieben Rosi. Wegen seines Whiskykonsums. *Die Rosi kann das hier kaum gewesen sein,* dachte er, *sie hat ja nie Zugang zu meinem Büro. Wenigstens nicht während meiner Abwesenheit. Ja, echt böse war sie heute, hat mir die Flasche Whisky aus der Hand gerissen und sie ausgegossen. Dann bin ich kurzerhand in mein Büro gefahren und wollte mir dort ganz in Ruhe ordentlich einen hinter die Binde kippen.*

Mit starrem Blick schaute er geradeaus auf seine Sammlung von historischen Gefäßen, die mehrere Jahrhunderte lang im Dienste der Apotheker gestanden hatten, und die er, aus aller Welt liebevoll zusammengetragen, in seinem Büro ausstellte. Die meisten von ihnen trugen noch gut leserlich die originale alte Beschriftung, nur wenige wiesen deutliche Gebrauchsspuren auf. Alle aber enthielten jene Gifte, die sie laut Etikett auswiesen. *Eine* Lücke zeigte sich allerdings zwischen diesen Flaschen.

Es fehlte die mit der Aufschrift *Arsen*. Sie lag neben ihm und war durch den Aufprall auf den gekachelten Fußboden in zwei Teile zerbrochen. Jetzt erinnerte er sich wieder genau: Seinen geliebten Macallan, den er stets in der Arsenflasche vor fremdem Zugriff schützte, hatte er in Ruhe genießen wollen und in großen Zügen heruntergekippt, ehe er sich darüber klar wurde, dass der Inhalt seiner Flasche nicht sein viel geliebter Macallan war. Es schmeckte nicht nach Macallan, es schmeckte nach Gift. Zu Tode erschrocken hatte er die Flasche von seinen Lippen gerissen und war dabei rückwärts über seine Aktentasche gestolpert. Mit dem Kopf schlug er dann so heftig auf die harten Kacheln auf, dass ihn augenblicklich tiefe Bewusstlosigkeit umfangen hatte.

Wie lange liege ich denn jetzt schon hier? Eine Stunde, zwei? Dann hat das Gift bereits voll gewirkt. Ich kann diese Kopfschmerzen nicht mehr aushalten. Meine Beine! Ich kann meine Beine nicht mehr bewegen! Hilfe kann ich auch nicht herbeirufen, das Handy liegt auf dem Schreibtisch. Schreien nützt nichts, zu dieser Zeit ist niemand mehr im Gebäude ...

Krampfhaft überlegte er, wer diesen tödlichen Tausch vorgenommen haben könnte. Ein Insider?

Wer will mich denn eigentlich loswerden? Zum Chef habe ich ein gutes Verhältnis. Ein sehr gutes. Bei dem zeige ich mich täglich mehrmals in seinem Büro. Einladen wollten wir ihn auch schon, aber terminlich gab es bis jetzt leider immer Schwierigkeiten.

Dann gingen seine Gedanken in eine andere Richtung. *Ich glaube, da gibt es nur einen einzigen, der als Täter infrage kommt. Mein Stellvertreter. Aber woher soll gerade der das Wissen über mein Geheimnis haben? Und wie kann der an das Arsen gekommen sein?*

Dieser Schuft! Dieser elende Schuft! Immer einen auf guten Kumpel machen, immer dieses untertänige Katzbuckeln und hinter meinem Rücken wer weiß was über mich erzählen! Warum habe ich denn in letzter Zeit solche enormen Schwierigkeiten in der Firma? Warum schenkt mir die Leitung des Unternehmens kein Vertrauen mehr? Warum werden meine Vorschläge abgeschmettert, noch ehe sie ordentlich geprüft worden sind? Wie war es denn mit der kleinen Druckerei? Unisono hat die Leitung diesem Erwerb zugestimmt, dieser Schuft war sogar noch Wortführer. Aus guten Gründen war ich dagegen. Schließlich sind wir ein Pharmaunternehmen. Warum sollten wir unsere Verkaufskartons und die Beipackzettel selbst bedrucken, statt sie, wie es bisher gut geklappt hat, uns von einer Druckerei fertig gedruckt liefern zu lassen? Ich halte diesen Erwerb für völlig überflüssig. Und was hat es mit dieser nächtlichen Produktion auf sich? Tagsüber hätten wir doch noch Kapazitäten übrig.

Verzweifelt überlegte er weiter, seiner Übelkeit zum Trotz. *Aufbauen als meinen Nachfolger sollte ich ihn. Zehn Jahre jünger als ich, nicht mal eine Generation trennt uns altersmäßig. Was ja auch nicht gerade ideal ist. Somit war mir der Weg verbaut, ein Vater-Sohn-Verhältnis aufzubauen. Nur zehn Jahre, das riecht eher nach Konkurrenten als nach Nachfolger. Und so hat er sich auch benommen. Verkaufte meine Ideen als die seinen und meine Konstruktionen als seine Erfindungen. Leider habe ich das nicht schnell genug erkannt und die Reißlei-*

ne zu spät gezogen. So etwas kann verhängnisvoll sein. Dass der Kerl aber so weit gehen würde! Das hätte ich ihm nie zugetraut. Dass man sich in einem Menschen derart täuschen ...

Eine neue Ohnmacht erbarmte sich seiner. Im Dämmerschlaf träumte er von seiner Rosi, wie sie beide die Silberhochzeit vorbereiteten, er träumte von seiner Tochter Claudia, dem Prachtmädel, das seinen Thomas womöglich heiraten würde. Auch wenn dieser Thomas ihm nicht behagte. Welcher Vater gab einem unfertigen Mann mit unsicherer Zukunft seine Tochter schon bedenkenlos zur Frau? Seine Tochter? War sie eigentlich seine leibliche Tochter? Weder Rosi noch er hatten braune Augen. Weder Rosi noch er vertrugen viel Sonne. Claudia hingegen konnte sich stundenlang rösten, ohne einen Sonnenbrand zu riskieren. Mit dieser Frage plagte er sich seit zwei Jahrzehnten herum. *Merkwürdig, oder? Nein, eigentlich nicht. Der Jack war ein solches Exemplar, dunkelhaarig, braunäugig*. Rosi hatte er nie zur Rede gestellt, ob sie mit ... Die Gewissheit zu haben, Claudia könne nicht seine Tochter sein, wäre noch quälender gewesen als der Zweifel.

In Wirklichkeit hieß er Jacques, dieser Südfranzose, aber wer kann einen solchen Namen schon richtig schreiben? *Immerhin hat Claudia ... hat sie ... eine große Ähnlichkeit mit ihm.* Er stöhnte. Träumte er oder war er wieder zurück in der grausamen Realität?

Peter Mohr hatte noch so große Pläne. Das Grundstück oberhalb der Sauermündung wollte er bebauen und Rosi das Haus zur Silberhochzeit schenken. Wegen der herrlichen Aussicht über die Weinberge der Mosel liebte sie das Grundstück über alles. Groß geworden war sie in der Nähe, diese Ecke war gleichsam ihre zweite Heimat, wo sie stundenlang mit ihren Freunden gespielt hatte, wo sie auf Entdeckungsreise durch altes Gemäuer mit ihnen gegangen war und bei Turnieren immer das Burgfräulein Rosinante von der Sauer hatte verkörpern wollen.

Auch er hätte sich oberhalb der Sauermündung sehr wohl gefühlt. Das Grundstück, das er vor Jahren bereits erworben hatte, hätte ein großzügiges Haus mit einer wunderschönen Aussicht hergeben können.

In tiefer Bewusstlosigkeit träumte er seinen letzten Traum. *Ich sehe die Abendsonne über den Moselbergen untergehen, ich sehe die Trauben an den Reben reifen, ich sehe die Kähne die Mosel befahren und Wanderer über die Wege schreiten. Ich höre die Amseln singen und den Kuckuck rufen, ich höre den Wind, der durch das Laub der Reben weht, das Tuckern der Frachtboote, im Hintergrund das Schreien von tobenden Kindern. Ich rieche den grünen Duft der Natur, den süßlichen Duft der Rosen, ich schließe die Augen und ...*

2

Wie konnte das bloß passieren? Ich kann es einfach nicht verstehen, dachte Rosi. *Es war nur ein einfacher Streit, ein Streit, wie wir ihn oft geführt hatten, ein Streit über seine Trunksucht. Ja, ich muss dieses Wort auch einmal in den Mund nehmen. Er hatte bereits genug intus, ich wollte ihm alle Flaschen wegsperren. Dass er dann kurzerhand abhaut und sich umbringt, das kann ich beim besten Willen nicht verstehen. Was muss er gelitten haben, wenn er nicht mehr anders konnte als trinken! Ich mache mir jetzt die größten Vorwürfe, dass ich so reagiert habe. Hätte ich diplomatischer sein sollen? Bestimmt. Hätte ich ihn damit umstimmen können? Bestimmt nicht. Das saß viel zu fest in ihm drinnen, und hinzu kommt, dass er jegliche Hilfe verweigerte. Ich glaube, ich hätte ihm nicht helfen können. Aber, wie hätte ich seinen Schritt verhindern können? Wie hätte ich ihm den richtigen Weg zeigen können? So verstockt und stur, wie er in letzter Zeit war ...*

All die Jahre hatten sie sich innig geliebt. Ernste Probleme gab es nicht, die ihm zum Vergessen oder Verdrängen hätten verleiten können. Rosi suchte die Schuld bei sich. *Was habe ich falsch gemacht? Ich bin so schrecklich traurig, es schmerzt, nicht zu wissen, warum er sich vergiftet hat. Ich habe die Schuld auf mich zu laden, ich habe ihn verjagt, im bildlichen Sinn. Ich habe ihm nicht geholfen, als er in Not war, ich habe mit ihm gestritten, ihm hätte ich helfen müssen.*

Musste sie jetzt mit dieser Erkenntnis ihr ganzes Leben verbringen? Mit der Trauer und zusätzlich der Gewissheit, bei Peters Problemen versagt zu haben; wie könnte sie damit leben?

Es war einsam um sie herum geworden. Die erste Aufregung nach der grausamen Nachricht hatte sich gelegt aber einer unendlichen Trauer Platz gemacht. Die junge Kommissarin Tina hatte ein Einsehen mit ihr und behandelte sie endlich etwas sachlicher. Beim Auffinden der Leiche mussten die Kommissare einen fürchterlichen Anblick erlebt haben. Wenigstens hatten sie ihr den erspart.

Rosi spulte noch einmal schmerzerfüllt die vergangenen Tage zurück. Sie war am Samstagabend noch bei der Polizei gewesen und hatte eine Vermisstenanzeige aufgegeben. Doch unternahm die Polizei nicht sofort eine große Suchaktion. Ein Mann, der einige Stunden nicht zu Hause war, schien für sie nichts Außergewöhnliches zu sein. Beruhigen wollte die Polizei sie, aber sie wusste es besser, sie spürte, dass ihr Peter in Gefahr schwebte. Instinktiv. Aber, da sein Fahrzeug nicht auf seinem Parkplatz stand und kein Licht in seinem Büro brannte, suchte sie in seinen Kneipen nach ihm. Vergeblich natürlich. Sein Handy hatte er ausgeschaltet, sie hatte ein dutzendmal versucht ihn anzurufen. Die Nacht war entsetzlich für sie gewesen, und morgens gab es immer noch kein Lebenszeichen von ihm. Da musste er bereits tot gewesen sein. Dann hatte es noch den ganzen Sonntag gedauert, ehe die Polizei endlich am späten Abend beschloss, etwas zu unternehmen.

Aber dann die Verhöre! Grauenhaft für Rosi. Kriminalhauptkommissar Petry ließ nicht locker, er vermutete ein Ehedrama, ein Eifersuchtsdrama, wie es alle Tage irgendwo vorkam. Seine Fragen ließen keine Strategie erkennen. Oder war gerade das seine Strategie? Nicht durchblicken zu lassen, wohin die Reise ging und den geringsten Widerspruch als Beweis für den Mord auf den Tisch zu knallen. Aber einen Beweis, worüber? Täterschaft? *Wie und wo soll ich denn das Gift beschafft haben? Wann soll ich die Flasche damit befüllt haben? Ich sollte Peter doch möglichst nicht auf der Arbeit besuchen.* „Da bei seiner Abwesenheit sein Dienstraum immer abgeschlossen war“, beteuerte sie bei der Polizei, „konnte ein Außenstehender ihn ohne sein Wissen nicht betreten haben.“

Schließlich sah der Kommissar ein, dass Rosi vermutlich nicht die Täterin gewesen sein konnte, dass ein Chemiker ein Gift zu sich genommen hatte, welches er kannte und von dessen tödlicher Wirkung er genau wusste. Und schließlich konnte es auch kein Versehen gewesen sein, denn die Flasche zeigte in gut leserlicher Schrift den Inhalt an: Arsen! Ein Irrtum war ausgeschlossen.

Damit war Rosi mit ihren Gewissensbissen wieder allein. *Gut, die Claudia, unsere liebe Tochter, weicht mir nicht von der Seite, die ganzen Tage. Lieb von ihr, die ja auch mit ihrer Trauer zu kämpfen hat. Wenigstens steht mir dieses Prachtmädchen zur Seite. Sie wird wohl nach meinem Vater kommen, einen Ägypter, den ich nie kennengelernt habe. Oder besser: kennenlernen konnte. Der meine Mutter verlassen hat, als sie schwanger von ihm wurde. Zum Heiraten kam für ihn, wie auch für seine Familie, nur eine Jungfrau infrage.*

Aber von dem Streit, den sie mit Peter über seinen Alkoholkonsum hatte, wollte sie Claudia nicht berichten. Das sollte ihr Geheimnis bleiben, schließlich würde ein solches Eingeständnis nichts an der Sachlage ändern. Damit musste sie allein fertig werden.

Am schlimmsten hatte sich der Pfarrer benommen. Einen Selbstmörder würde er nicht auf seinem letzten Weg begleiten. Nie und nimmer. So etwas würde ihm seine Obrigkeit niemals nachsehen, behauptete er. Auch Rosis Einwand, dass ihr Mann krank gewesen sei und das Gift sicherlich nicht bei klarem Verstand geschluckt habe, konnte den alten Pfarrer nicht besänftigen. Das war für sie das Allerschlimmste. Jetzt ging sie durch die Hölle, und dann kam so einer, und der war sich nicht zu schade, seine Macht und seine Selbstherrlichkeit einer einsamen Witwe gegenüber zu demonstrieren. Rosi war der Verzweiflung nahe und wusste sich keinen Rat mehr. Schließlich hatte das Beerdigungsinstitut seine Hilfe angeboten und einen jungen Priester entsandt, der zu ihrer Beruhigung eine würdige Bestattung vornahm.

3

„Wie konnte das bloß passieren? Ich kann es einfach nicht verstehen. Schau mal, Tina, da vergiftet sich ein Chemiker mit einer Substanz, die er in- und auswendig kennt. Deren Wirkung, meine ich, er kennen muss. Und er muss wissen, dass es weniger grausame Mittel gibt, um aus dem Leben zu scheiden. Warum schluckt der nicht einfach eine Überdosis Schlafmittel?"

Kriminalhauptkommissar Ralf Petry grübelte jetzt bereits seit mehreren Tagen über diesen Fragen herum.

„Das kann ich auch nicht so richtig verstehen, Pif.", meinte daraufhin die junge Kommissarin Tina Rubkow, die seit mehreren Jahren bereits mit diesem alten Fuchs zusammenarbeitete und mit ihm ein sehr erfolgreiches Ermittlerteam bildete. Acht Fälle hatten sie bereits erfolgreich aufgeklärt. Dabei war die junge Kommissarin sogar mehrfach in Lebensgefahr geraten. Aber dank ihrer guten Ausbildung und ihrer beeindruckenden Kaltblütigkeit vermochte sie sich immer selbst aus der ausweglosesten Situation zu retten.

Anfänglich hatte sie ihren Chef wegen seines ausgesprochen bescheidenen Auftretens und seiner beeindruckenden Professionalität bewundert. Im Laufe der Zeit entwickelte ihr Chef seinerseits erst Bewunderung für seine junge Kollegin, doch diese Bewunderung schlug allmählich in Neid um. Zwar war er zu Anfang stolz über seine clevere und lernwillige Assistentin; jedoch bald konnte er immer weniger ertragen, dass das hübsche Ding drohte, ihn, ihren Lehrmeister, zu überflügeln.

Ja, das musste er sich wohl oder übel eingestehen. Eingestehen musste er sich aber auch, dass er jedes Mal erleichtert war, wenn sie unbeschadet aus einer Gefahr herausgekommen war. Dann mochte er Tina plötzlich wieder. Bis sie ihm dann den nächsten Erfolg vor der Nase wegschnappte. In diesen Momenten knurrte in ihm plötzlich wieder die Eifersucht. War es eigentlich nur die Eifersucht auf ihren Erfolg? Nein, nur allzu gut wusste er, dass sein Rentnerdasein bald an die Tür klopfen würde. Dass es damit dann auch Essig würde, mit Erfolg und Anerkennung. Ein bitteres Los für jemanden, der nur für seinen Beruf gelebt hatte.

„Ich möchte gern erstmal wissen, warum der Kerl sich überhaupt umgebracht hat“, murmelte Pif mehr zu sich selbst als zu Tina.
„Gute Frage, Pif. Dabei war ich eher der Meinung, dass seine Frau die Hände im Spiel hatte, aber nach reichlicher Befragung scheint das ja nicht der Fall gewesen zu sein. Jetzt glaube ich eher, dass sie ihn wirklich geliebt hat.“
„Tina, schau doch mal: Die Tür zu seinem Büro war von innen verschlossen. Der Schlüssel steckte von innen im Schloss. Keiner konnte da hereinkommen. Dann trinkt er Arsen aus einer Flasche, auf der in großen Lettern Arsen steht. Das kann doch nur nur Selbstmord sein.“
„Aber warum denn in drei Teufels Namen haben wir Mohrs Wagen nicht auf Mohrs Parkplatz gefunden, sondern auf dem Nachbargrundstück hinter einer hohen Mauer versteckt?“, murrte Tina.
„Soll das eine Relevanz haben? Der wollte nur seine Ruhe haben.“
„Pif, du alte Spürnase, du glaubst doch selbst nicht, dass das so abgelaufen sein soll und der sich in aller Seelenruhe umbringen wollte? Da stimmt doch irgendetwas nicht.“

„Tina, wenn du davon *so* überzeugt bist, dann müssen wir versuchen herauszubekommen, was ihn dazu getrieben hat."
„Oder wer, Pif. Oder *wer*!"
„Das Problem ist doch aber, dass moralische Schuld nicht justiziabel ist. Ich glaube, das hier können wir bald zu den Akten legen." Pif schaute Tina durchdringend an.
Tina wägte ab: „Da müssen wir uns aber absolut sicher sein. Sind wir das?"

Darüber musste Pif erst einmal lange nachdenken. Schließlich meinte er dann doch:
„Ich glaube, wir sollten uns die Tochter einmal näher anschauen. Und ihren Freund, wie heißt der Kerl noch?"
Tina blätterte in den Unterlagen und schob Pif die Namensliste unter die Brille.
„Hier."
Pif las vor: „Die Ehefrau von Peter Mohr heißt Rosi. Rosi Mohr. Die Tochter Claudia ist liiert mit Thomas Weber."
„Genau. Die Ehefrau haben wir so oft schon belästigt ..."
„Die will uns bestimmt nicht mehr die Tür aufmachen!", fiel Pif ihr ins Wort, die lassen wir auch vor-

erst in Ruhe. Aber bestell erstmal die Tochter hierher und auch den Freund!"

Tina griff zum Hörer und stockte:

„Ach übrigens, die Ergebnisse der Spurensicherung sind gerade gekommen. Die Leute hatten ja die ganze Nacht zum Montag in Mohrs Büro gearbeitet. Ich war in der Nacht ja auch da. Grausig, kann ich nur sagen. Hier sind die Unterlagen." Sie reichte Pif den Umschlag. Der legte ihn auf den Schreibtisch und wandte sich dem Bildschirm zu.

„Willst du nicht sehen, was die herausgefunden haben?"

„Was sollen die denn groß herausgefunden haben, was wir nicht schon längst wissen."

„Pif, da wirst du dich aber noch wundern!"

Pif schaute über den Rand seiner Brille und griff zu dem Umschlag. Langsam und aufmerksam blätterte er in den Unterlagen.

4

In der Produktionshalle liefen die Maschinen auf Hochtouren, besonders die neuen Coater, welche Pillen und Dragees mit einer glatten Oberfläche überzogen. Vor Kurzem war das Pharma-Unternehmen in die Metternichstraße gezogen, denn seit Jahren expandierte der Betrieb und benötigte daher dringend größere Produktionsräume. Die Produktionshalle war in punkto Hygiene nach neuesten Erkenntnissen umgebaut und das Personal nach strengen Kriterien, was Ausbildung und Eignung betraf, ausgewählt worden. Der verstorbene Chemiker Mohr hatte seit Jahren zum Stammpersonal gezählt; er war ein fleißiger und zuverlässiger Mitarbeiter gewesen, der den Betrieb mit aufgebaut hatte.

„Die Lücke, die er hinterlässt, wird nur sehr schwer zu schließen sein", erklärte Bernd Albers, der Chef des Unternehmens, auf der Beerdigung, an der die ganze Belegschaft teilgenommen hatte.

Das Unternehmen war spezialisiert auf drei Produkte, welche es herstellte und vertrieb. Das waren jene Medikamente, die sich in Europa am besten verkaufen ließen, zum einen das Analgetikum ExdoloD, den Cholesterinsenker CholexD zum anderen das Schlafmittel LunaD, allesamt Generika für den deutschen Markt. Und Dank der vorbildlich arbeitenden Laboratorien konnten diese Mittel auch schnell auf dem europäischen Markt einen großen Erfolg verbuchen. Jetzt nach dem Umzug galt es, die Expansion des Betriebs weiter auszubauen. Da war natürlich jeder Mitarbeiter gefordert und der Ausfall einer der führenden Kräfte besonders problematisch.

Aus diesem Grund hatte der fünfzigjährige Firmenchef Albers am Tag nach Mohrs Beerdigung seine drei leitenden Angestellten zusammengerufen, um mit ihnen über die neue Marschroute zu debattieren. Gleich nach dem Umzug hatte sich bereits erwiesen, dass die Personaldecke äußerst dünn aufgestellt war. Plötzliche Erkrankungen oder auch der Anspruch auf Urlaub konnten den Produktionsfluss gehörig beeinträchtigen. Einstimmig war daher bei dieser Krisensitzung die Resolution getroffen worden, nicht nur Mohr durch einen neuen Chemiker zu ersetzen, sondern zusätzlich noch zwei junge Pharmazeuten einzustellen. Vier, wenn möglich sogar sechs neue Arbeiter sollten das Team in der Produktion verstärken. Eine solche Maßnahme würde zwar zu Beginn den Gewinn des Unternehmens schmälern, sie könnte jedoch, so rechnete man sich aus, die vorhandene Nachfrage durch eine erhöhte Produktion und einen größeren Absatz in kurzer Zeit auffangen.

„Herr Schilling“, wandte sich zum Schluss der Sitzung der Chef an Mohrs Stellvertreter, „ich habe für kommenden Samstag in den Tageszeitungen Trierischer Volksfreund, Luxemburger Wort und Saarbrücker Nachrichten großformatige Anzeigen aufgegeben, mal sehen, was sich da meldet. Sie übernehmen für die Übergangszeit das Ressort des Verstorbenen Peter Mohr. Wenigstens bis die neuen Leute eingearbeitet sind.“

Kay Schilling nickte, dachte aber bei sich, dass ein Chemiker sich doch sehr in seiner Ausbildung und seinem Wissen von einem Pharmazeuten unterschied.

„Herr Martin Becker und Herr Johann Kirsch bleiben vorerst auf ihrem Posten“, fuhr der Chef fort, „die sind in ihrer Abteilung unabkömmlich. Und geben Sie der Leiterin des Personalbüros, Frau Herzel, Bescheid, dass sie in nächster Zeit viel Arbeit bekommt. Das hoffe ich wenigstens. Meine Herren“, erläuterte er noch beim Hinausgehen. „Ich befürchte, wir müssen demnächst, wahrscheinlich schon nächste Woche, wieder Nachtschichten einlegen, um der Nachfrage gerecht zu werden. Für diese Nachtschichten stehen mir die Herren Becker und Kirsch abwechselnd zur Verfügung."

Unzufriedenes Raunen ertönte.
„Das will ich aber überhört haben, meine Herren! Wir sind ein florierendes Unternehmen, und Ihre Arbeitsplätze sind sicher, aber der Erfolg hat nun einmal seinen Preis."

5

Claudia umarmte liebevoll ihre Mutter, die immer noch unter dem Schock litt, den der plötzliche, gewaltsame Tod ihres Mannes bei ihr ausgelöst hatte. Seit Tagen hatte sich Rosi Mohr eingeschlossen, fast nichts gegessen und getrunken, weder geschlafen noch sich gewaschen. Tag und Nacht verbrachte sie nur mit Weinen. Als Claudia sie in diesem Mitleid erregenden Zustand antraf, machte sie sich die heftigsten Vorwürfe, ihre Mutter in dieser schwierigen Situation nicht ständig zur Seite gestanden zu haben.
„Mama", begann sie flüsternd, „komm, ich bin ja jetzt da. Ich bleibe auch bei dir, auf der Uni sind die Tests jetzt alle geschrieben. Ich glaube, eine Zwei müsste drin sein." Sie hoffte, mit dieser positiven Aussage über ihr Studium ihre Mutter ein klein wenig aufheitern zu können. Aber es kam nur wenig Reaktion.
„Gut, mein Kind", war das Einzige, was die Mutter von sich gab.
„Mama, komm, ich verstehe dich ja, auch mir geht es nicht anders als dir."
„Du hast gut reden!", protestierte die Mutter zwischen zwei Seufzern. „Du hast deine Schule, deine Klausuren, deine Freunde. Das alles kann dich auf-

fangen. Aber ich, ich habe niemand, der mich auffängt, der mir über die schlimmsten Tage, Wochen und Monate meines Lebens hinweghilft."
„Aber Mama, ich bin doch da!"
„Und wo warst du? Diese ganzen letzten Tage? Fort."
„Komm, Mama, ich mache dir einen Vorschlag. Du duschst dich und ziehst dich manierlich an. In der Zwischenzeit schmiere ich uns ein paar Brote, koche zwei Eier. Ach was, lass dich überraschen! Komm!"

Widerstandslos ließ die Mutter sich ins Bad führen. Claudia stellte die Dusche an und sagte:
„Los, Mama, nun mach schon!" Und verschwand in der Küche.

Nach einer halben Stunde war der Picknick-Korb gefüllt, und Rosi stand, angezogen, aber mit nassen Haaren vor ihrer Tochter.
„Komm, Mama, ich mache dir noch ein Brushing, in der Zwischenzeit kannst du dich schminken. Ich hol dir, was du brauchst."

„Kind, was soll ich bloß machen?", fragte die Mutter mehr sich selbst als ihre Tochter, als beide Frauen im Auto die Stadt westwärts verließen. „Im Beruf habe

ich den Anschluss verpasst, da tauge ich nichts mehr. Und im Privaten habe ich großartig versagt."
„Mama, das darfst du nicht sagen, das stimmt nicht. Mich hast du doch großgezogen, ich funktioniere doch. Hast du das etwa vergessen?"

Auf diese Frage hatte Rosi keine Antwort parat. Die passte nicht in ihr momentanes Weltbild. Sie lenkte ab.
„Wohin fährst du eigentlich?"
„Kannst du dir das denn nicht denken, Mama?"
„Ich wagte nicht, es zu hoffen", antwortete Rosi erleichtert.

Keine zwanzig Minuten später parkte Claudia den Wagen auf einem Feldweg oberhalb von Langsur. Mutter und Tochter sahen sich in die Augen. In Mutters Blick lag große Dankbarkeit. Schweigend stiegen sie aus, Claudia nahm den Korb aus dem Kofferraum und zeigte auf eine Bank. Darauf breitete sie ein Tuch aus und richtete das Essen an. Aus den Augenwinkeln beobachtete sie ihre Mutter. Die Trauer sah man ihr an, aber ihre Züge wirkten endlich etwas entspannter. Ihre dunkelblonden Haare zeigten erste graue Strähnchen, ihre blauen Augen hatten an Glanz verloren. Ihr Teint, noch heller als gewohnt, hatte zwar an Fältchen zugelegt, war für ihr Alter trotzdem immer noch recht fein. *Aber abgenommen hat sie, Kleidergröße 40 würde ihr jetzt gut stehen,* dachte Claudia.

Schweigend nahmen Mutter und Tochter den Imbiss ein. Zum ersten Mal aß Rosi wieder mit gutem Appetit. Sie dachte an ihre Kindheit zurück, die sich zu einem wichtigen Teil hier abgespielt hatte und erinnerte sich an die Turniere, an die Reitertruppe, die sie als Burgfräulein vor dem bösen Drachen gerettet hatte, an den ersten Kuss. Und natürlich an das viel später erworbene Grundstück.

Nach dem Essen räumten sie die Reste wieder in den Kofferraum des Wagens und schauten sich das großartige Panorama an, das zu ihren Füßen lag. Rosi griff zärtlich die Hand ihrer Tochter und schlug vor:

„Komm, Claudia, wir schauen uns das Grundstück einmal an."

„Würdest du denn hier leben wollen, so fern von der Stadt? So abgeschieden von deinen Freunden und Bekannten?", fragte Claudia ihre Mutter, als sie davorstanden, „von der unsicheren Baugenehmigung einmal abgesehen."

„Claudia, darüber habe ich mir noch keine Gedanken gemacht, aber jetzt ist ja alles anders gekommen als geplant. Ehrlich gesagt, ich weiß es nicht mehr. Komm, ich zeige dir mal etwas, das du noch nicht gesehen hast."
Die Mutter hakte ihre Tochter unter, und beide spazierten entlang eines schmalen Weges.

„Hier, schau einmal! Mensch, ist das alles zugewachsen!" Rosi war wirklich überrascht.
„Was soll das denn sein?"
„Hier befindet sich ein Eingang. Dahinter liegt altes Gemäuer. Und darin steckt ein guter Teil meiner Kindheit."

Claudia machte sich daran, das Gestrüpp niederzutrampeln, um den Eingang freizulegen. Plötzlich dachte sie an die vielen Sachen, die sie immer noch in ihrem Kofferraum spazieren fuhr.
„Im Wagen habe ich Arbeitshandschuhe und eine Taschenlampe. Moment mal!"

Gute zehn Minuten arbeiteten die Frauen daran, den Eingang zu einem kleinen Teil freizulegen. Dann präsentierte sich ihnen eine Öffnung, durch die gerade mal ein Mensch aufrecht hindurchgehen konnte, ohne sich den Kopf am Sturz zu stoßen. Claudia tastete mit der Taschenlampe den Boden ab, und sie betraten beide das alte Gemäuer. Sie folgten einem geraden schmalen Weg, einem Hausflur ähnlich, der sie ins Innere eines Gebäudes führte.

„So habe ich das aber nicht mehr in Erinnerung“, bemerkte Rosi plötzlich.

„Wie denn, Mama?“

„Ich glaube, es muss noch einen anderen Zugang geben. Ich erinnere mich eher an eine Art Höhle. Oder an einen große Raum.“

„Einen gemauerten Raum?“, wollte Claudia wissen.

„Oh, das weiß ich nicht mehr. Als Kind achtet man darauf natürlich nicht.“ Plötzlich blieb sie stehen.

„Aber Mama, wollen wir nicht weitergehen?“

„Nein, besser nicht. Ich weiß nicht, mir graut es hier. Komm, wir gehen wieder hinaus!“

Als sie wieder draußen waren, atmete die Mutter hörbar auf. Nein, die Nerven, solche Erkundungen anzustellen, die hatte sie noch nicht. Und sie wusste selbst nicht, ob ihr das recht sein würde, tiefer in Kindheitserinnerungen zu wühlen. Im Augenblick jedenfalls nicht. Sie hegte den Wunsch, wieder eilig nach Hause zu kommen.

Claudia ihrerseits war neugierig geworden. Was hatte es mit diesem alten Gemäuer auf sich? Eine Art Flur, ein großer Raum, alles tief im Gestrüpp versteckt und von der Vegetation überwuchert. Während Jahrzehnten. Oder vielleicht Jahrhunderten, wer wusste das schon zu sagen? Davon musste sie Thomas erzählen, der würde große Augen machen. Sie würde auf jeden Fall wiederkommen und der Sache auf den Grund gehen.

6

Bernd Albers, der Chef des Pharma-Unternehmens, schaute in den Spiegel. *Eigentlich,* so dachte er, *würde ich jünger aussehen, wenn ich Freizeitklamotten trüge, als ewig in Schlips und Sakko hier im Büro zu erscheinen.* Sein braunes Haar besaß immer noch einen schönen Glanz, war auch noch fast vollständig und zeigte nur einige graue Strähnchen an den Schläfen. Kleine Falten zierten sein Gesicht. Und groß gewachsen war er. Nur die Großen werden die Größten war sein Leitspruch, für kleinere Mitbürger hegte er nur wenig Sympathien. *Doch, meine Sekretärin, die Stephanie Schäfer, die sollte klein sein, auch intellektuell eher bescheiden. Aber hübsch sein war Bedingung bei ihrer Einstellung. Eine hübsche Chefsekretärin und Empfangschefin macht sich eben gut in einer aufstrebenden Firma.*

Ja, die aufstrebende Firma! Das Surren der Maschinen war Musik in seinen Ohren, die Kontoauszüge waren seine Lieblingslektüre. Er hatte den Laden im Griff. Und jetzt, ohne den Mohr, konnte alles nur noch besser laufen. *Ja,* dachte er, *der Mohr war ein prima Mann, hätte der nur weniger getrunken! Und hätte der seine neugierige Nase nicht in alles hineingesteckt, was ihn wirklich nichts anging. Aber so war der nun einmal gestrickt, gründlich und ausdauernd. Und auch noch durch und durch integer. Nicht auszudenken, hätte der im Rausch mal was Internes ausgeplaudert.*

Jetzt galt es, nach vorn zu schauen und Gas zu geben. Albers drückte eine Taste auf seinem Hausanschluss.
„Frau Schäfer, bestellen Sie die Herren Becker und Kirsch zu mir. Es eilt."
„Sofort, Herr Albers."

Als die beiden leitenden Angestellten, Martin Becker, nur unwesentlich kleiner als Albers selbst, und Johann Kirsch, wesentlich korpulenter als der Chef, das Büro betraten, erblickten sie eine Reihe aufgeschlagener Aktenordner auf dem Schreibtisch. Es war bis jetzt nie die Rede davon gewesen, Einblick in die Unterlagen ihres Chefs zu erhalten. Ein frischer Wind schien hier plötzlich aufgekommen zu sein. Der Chef zeigte sich von seiner jovialen Seite.
„Setzen Sie sich, meine Herren!" Albers räusperte sich, um die Spannung zu erhöhen. *Psychologische Kriegsführung*, dachte er.
„Ich habe sie hierherbestellt", begann er, „um mit Ihnen die Zukunft der Firma zu besprechen. Wir ha-

ben zwei Möglichkeiten: Entweder, wir machen weiter wie gewohnt oder wir expandieren."
„Expandieren?", wunderte sich Becker, „noch größer werden, schaffen wir das denn?"
„Gerade darum habe ich Sie hergebeten, meine Herren. Aber, das, was ich Ihnen nun zu sagen habe, ist Top Secret. Kann ich mich auf Sie verlassen?"
„Ja, natürlich!", beteuerten beide unisono.
„Gut. Aber absolutes Stillschweigen! Es geht um Folgendes: Ich habe ein sehr verlockendes Angebot von Geschäftspartnern erhalten, das ich sehr gerne annehmen würde. Der Auftrag würde Hunderttausende einbringen."

Becker und Kirsch konnten ihre Spannung kaum verhehlen und warteten mit zunehmender Ungeduld auf diese Enthüllung. Albers blieb diese Reaktion nicht verborgen. Es lief also alles bestens.
„Für Sie beide würde natürlich auch einiges herausspringen. So in Richtung eines neuen Mittelklassewagens." Um die Spannung noch zu erhöhen, machte er wieder eine Pause. Die Atmosphäre knisterte.
„Erinnern Sie sich noch an die nächtliche Produktion vor zwei Wochen?"
„Ja, klar", antwortete Martin Becker. „Wie könnte ich das vergessen haben?"

Albers stutzte. „Wieso? War das so schlimm?"
„Nein, Chef, nicht so schlimm, aber das Produkt, das wir hergestellt haben, soll doch müde Männer munter machen, die Arbeit hat mich aber richtig geschlaucht."

Albers versuchte, Verständnis für seinen Mitarbeiter aufzubringen und meinte konziliant:
„Herr Becker. Das kann ich gut verstehen, Sie hatten nach einem arbeitsreichen Tag auch noch die ganze Nacht durchgearbeitet, das soll in *der* Form natürlich nicht mehr vorkommen. Vor zwei Wochen handelte es sich um eine eilige Probeherstellung. Aber den Auftrag, diese Produktion zu übernehmen, hätten wir jetzt in der Tasche, falls wir ihn annehmen."
„Ja", wunderte sich Johann Kirsch, „wo liegt denn da der Haken?"
„In der Legalität, meine Herren." Albers schaute seinem Angestellten direkt in die Augen und erläuterte:
„Wir würden Viagra herstellen."
„Was ist denn da so illegal dabei?", fragte Kirsch unverblümt, „irgendwer muss das Zeug ja auch herstellen."
„Ja, aber wir würden Viagra ..." Er stockte einen Augenblick. „Kopieren, sozusagen."

Kirsch bohrte weiter.
„Fälschen meinen Sie doch im Klartext, oder?"
„Aber Herr Kirsch, wir möchten doch keinen solch hässlichen Begriff gebrauchen! Aber ja … doch … wenn Sie so wollen. Sehen Sie, noch besitzt der Hersteller Pfizer das Monopol darauf. Das wird aber im nächsten Jahr ablaufen, und damit werden die Preise, sprich Gewinne, enorm gesenkt werden. Dieses Jahr also könnten wir noch die, ich bin ehrlich, die unverschämten Preise erzielen. Sehen Sie, eine Tablette mit 100 Milligramm Wirkstoffgehalt, vier Tabletten, also 400 Milligramm, werden für 60 Euro verkauft. Dabei kostet der Wirkstoff nur ein paar Cent. Pfizer bekommt somit die Entwicklungskosten hundert-, ach was sage ich, tausendfach herein! Und von diesem Kuchen möchte ich mir ein Stück abschneiden."
„Aber der Wirkstoff Sildenafil fehlt uns dafür", gab Becker zu bedenken.
Albers schüttelte den Kopf.
„Der wird uns geliefert werden, und die fertigen Packungen können, versteckt zwischen unseren offiziellen Produkten, die Reise antreten."
„Die Reise wohin?"

„Nach Prag. Die dortigen Apotheken, zumindest mehrere davon, wären die dankbaren Abnehmer. Alles ist bereits organisiert."
„Wer hat das denn organisiert?", fragte Becker weiter.
„Sie erinnern sich doch bestimmt an den Besuch des Paares, das vor zwei Wochen den Betrieb anschauen kam. Ein Deutscher und eine Tschechin."
„Ich nicht, Herr Albers, vor zwei Wochen war ich an dem betreffenden Tag auf der Heimreise von meinem Urlaub."
„Ach ja, stimmt, Sie waren erst am darauffolgenden Tag hier, aber das spielt keine Rolle. Die beiden haben mir das Angebot zur Herstellung unterbreitet und die Proben bestellt. Das Sildenafil hatten die gleich dabei ..." Dass die ganze Angelegenheit in bar abgewickelt werden würde, verschwieg er ihnen.

Becker unterbrach ihn scharf.
„Wie kamen die denn da dran?"
„Da, Herr Becker, fragen Sie mich zu viel. Ich möchte darüber auch keine Mutmaßungen anstellen. Aber alles hat gut geklappt, alle Tabletten sind bereits verkauft, und jetzt haben wir die Möglichkeit, diese Produktion auszubauen. Mit sehr gutem Gewinn, wie gesagt."

„Was ich nicht verstehe, ist, wo die Verpackungen und die Beipackzettel herkamen", wunderte sich Kirsch.
„Aber Herr Kirsch, wir haben doch die kleine Druckerei gekauft ..."
„Nun sagen Sie bloß, in dieser kleinen Klitsche ...!"
„Was heißt hier Klitsche? Da haben wir ganz ordentliche Arbeit geleistet."
Becker und Kirsch wunderten sich über den Begriff *wir,* wagten aber nicht nachzufragen.

Eine Pause entstand. Die beiden Angestellten erwogen das Für und das Wider einer solch ungesetzlichen Tätigkeit, konnten aber dem Vorteil, der für sie unweigerlich herausspringen würde, nicht widerstehen.
„Und wie groß ist das Risiko dabei?", fragte Becker schließlich.
„Gleich Null, schätze ich. Solange Sie nicht wussten, dass die ganze Sache illegal war. Und davon habe ich Ihnen nie etwas gesagt. Wenn Sie verstehen, was ich meine." Da war Albers sich sicher. „Sonst hätte ich Ihnen den Vorschlag nicht unterbreitet. Aber ich verlange absolutes Stillschweigen. Nichts zu der Schäfer, nichts zu der Herzel und schon gar nichts

zu dem Schilling! Der ist mir zu ehrgeizig. Der wollte den Mohr ausschalten, das habe ich gut gemerkt."

Kirsch plagte aber noch eine Frage. „Herr Albers, haben Sie denn auch bedacht, dass wir für eine derartige Produktion mehr Arbeitskräfte benötigen? Verschwiegene Arbeitskräfte."
Albers, nie um eine Ausrede oder eine Erklärung verlegen, meinte:
„Herr Kirsch, Sie und Herr Becker sollen die Produktion in die Hand nehmen."
Als Kirsch hochfuhr, fügte Albers hinzu: „Es würde sich um zweimal wöchentlich fünf oder sechs Stunden Mehrarbeit handeln. In den späten Abendstunden. Dafür wäre ich aber bereit, Ihnen freie Nachmittage zu genehmigen. Oder auch mal einen ganzen Tag, natürlich dürfen Sie nicht beide am selben Tag abwesend sein. Aber ansonsten wäre ich da ganz flexibel."
Becker fragte schließlich ganz pragmatisch: „Herr Albers, wir beide allein werden das nicht bewerkstelligen können. Sie wissen selbst, wie viel Arbeit so eine abgeschlossene Produktion bedeutet. Mit Lieferung, Produktion, Verpacken und Laden."
„Ich hätte drei illegal eingewanderte Ukrainerinnen an der Hand, die sich gerne ein paar Kröten verdie-

nen möchten. Die haben schon in der Lebensmittelbranche gearbeitet, und, was noch schöner bei dieser Lösung wäre, die können unser Alphabet nicht entziffern. Mit denen würden wir uns nicht erpressbar machen."

Becker und Kirsch überlegten die Sachlage einen Moment, dann erhoben sie sich. Becker reichte Albers die Hand. Ein fester Händedruck besiegelte den Deal. Auch Kirsch stand auf und gab Albers die Hand. Wortlos, aber einig hatten sie ein großes Projekt verabschiedet.

7

Pif hatte sich lange mit dem Ergebnis der Spurensicherung beschäftigt, er wollte nicht die geringste Kleinigkeit übersehen haben. Erstaunt schaute er hoch und geradewegs in Tinas erwartungsvolle Augen.
„So, wie es aussieht, Tina, war das ein Selbstmord. Die Tür ließ sich von außen nicht mehr öffnen, wenn von innen ein Schlüssel steckte. Und der Mörder hätte auch von außen nicht mehr abschließen können, wenn von innen der Schlüssel steckte. Das Fenster war geschlossen. Das lässt sich von außen nicht öffnen. Das Handy hatte Mohr ausgeschaltet; seine Frau hat siebenmal versucht ihn anzurufen. Die scheint auch nicht gewusst zu haben, wo er sich aufhielt."

„Die Spusi konnte auch rekonstruieren, dass er allein im Büro war und rückwärts gestolpert und mit dem Hinterkopf auf die Fliesen aufgeschlagen war. Niemand hat ihm die Kopfverletzungen beigebracht", berichtete Tina.
„So weit wäre das auch geklärt. Nur: Für mich ist aber das sicherste Indiz für einen Mord die Sprache der Fingerabdrücke. Überall sind die Abdrücke des

Toten gefunden worden. Klar. Überall auch die Abdrücke der Reinigungskraft. Ebenfalls klar. Drei verschiedene Fingerabdrücke an den Ordnern und Plastikhüllen, mehrere sogar an jeder Flasche. Kann nicht einmal anders sein. Und dann aber absolut keine Fingerabdrücke an der Giftflasche. Nur die vom Toten. Und auch nur einmal die fünf Finger der rechten Hand. So muss der Inhalt der Flasche irgendwann ausgetauscht und die Flasche sauber und ordentlich abgewischt worden sein."

„Und genau darin liegt unser größtes Handicap!", meinte Tina. „Denn, wer weiß schon, wann dieser Austausch stattgefunden haben kann. Wir sind immer darauf angewiesen, so schnell wie nur irgend möglich Indizien zusammenzutragen: die ersten 48 Stunden sind die wichtigsten, um nach einem Mord den Täter zu identifizieren oder zumindest ihn einzukreisen. So aber ..."

„... wissen wir nicht einmal, wann die Absicht, ihn umzubringen in die Tat umgesetzt worden ist. Und wir wissen nicht, wo das Arsen herkam. Mit großer Wahrscheinlichkeit nicht aus dem Pharma-Betrieb selbst. Frustrierend, das alles." Pif erweckte den Eindruck eines niedergeschlagenen Mannes.

„So können wir alles vergessen, was Alibi ist. 'Um wie viel Uhr waren Sie in Mohrs Büro?' können wir nicht mehr fragen und 'wer verließ als letzter Mohrs Büro am Freitagabend?' auch nicht mehr. Bringt alles nichts. Tagelang kann das Gift auf ihn gewartet haben. Eine grausige Vorstellung", gab Tina noch eins drauf. Dann erinnerte sie sich: „Und die Vernehmung der Tochter hat auch nichts ergeben. Die liebte ihren Vater, es scheint mir sogar, dass sie sehr an ihm gehangen hat. Ihre Trauer war echt, da gibt es nicht den geringsten Zweifel."

„Tina, wir fahren in die Fabrik, komm! Wie heißt die nochmal?"
„Pharma Baco. Metternichstraße. Aber vorher will ich René noch kurz anrufen. Der war die ganze Woche auch geplagt mit irgendeinem Fall."
„Gut. Jetzt kommt es auf zehn Minuten auch nicht mehr an."

Tina wählte Renés Handynummer. René Molitor, ihr langjähriger Freund, war Commissaire en chef in Luxemburg bei der Police Judiciaire, der Kriminalpolizei, und übte dort die gleiche Tätigkeit aus wie seine Freundin Tina in Trier. Mit dem Unterschied, dass der Luxemburger ebenso wie Pif die führende Position innehatte, trotz seines noch reichlich jungen Alters. Doch der Mann hatte sich bewährt. Er war nicht nur eine gute Führungskraft, er besaß auch ein gewisses Flair, bei seinen Ermittlungen an der richtigen Stelle anzusetzen.

„Tina, mein Schatz, endlich! Alles klar?"

„Ja und nein."

„Was heißt das denn? Ja oder nein? Bist du noch immer sauer wegen meiner Assistentin Juliette?"

„Ach, Quatsch, sie ist eine ganz liebe Frau. Privat ist alles in Ordnung, das weißt du, aber beruflich ist alles soo frustrierend. Erzähle mir mal lieber, wie es dir geht."

„Ich kenne den gleichen beruflichen Frust ..."

Tina unterbrach ihn.

„Und privat? Ich meine, wir haben eine ganze Woche nichts mehr voneinander gehört!"

„Das müssen wir unbedingt nachholen. Aber seit zwei Wochen habe ich eine Leiche auf dem Schreibtisch, und mich so richtig darin verbissen."

„Also, Chéri, tut mir leid, aber *das* möchte ich mir nicht gerade bildlich vorstellen!"

„Nein, so war es auch nicht gemeint. Aber stell dir vor, da bricht einer mitten in der Nacht in ein Chemikalienlager ein und bringt die Putzfrau um."

„Moment, Chéri, sagtest du gerade Chemikalienlager? In Luxemburg?"

„Ja, richtig, in Grevenmacher. Geklaut wurde nichts, überhaupt nichts. Ich ermittele in Richtung Eifersuchtsdrama."
Tina schaute Pif groß an, schmunzelte und meinte:
„Mein lieber René, wenn du *da* mal nicht auf dem Holzweg bist!"

Molitor war sprachlos. Was erlaubte sich seine Freundin da? Alles besser zu wissen, ohne den Fall auch nur im Geringsten zu kennen?
„Wie kommst du denn darauf?", fragte er deshalb leicht verärgert.
Tina trumpfte auf.
„Wenigstens einen halben Liter Arsen wurde irgendwo, sagen wir mal, besorgt, und den haben wir hier zu viel. Mit dem wurde ein Chemiker umgebracht."

„Mit Arsen bringt man doch keinen Chemiker um, der kennt das Teufelszeug doch!", antwortete René besserwisserisch
„Hast du eine Ahnung!", konterte Tina süffisant.
„Und ob ich eine Ahnung habe!", entgegnete René.

Pif schmunzelte. Die Unterredung der zwei Turteltäubchen hatte seine griesgrämige Stimmung ein wenig aufgehellt. Dann mahnte er zum Aufbruch, und Tina beendete das Gespräch, nicht aber ohne sich für denselben Abend mit ihrem Liebsten zu verabreden.

Eine halbe Stunde später saßen die Kommissare Pif und Tina wie verabredet bei Bernd Albers im Chefbüro. Beide versuchten, den Gesichtsausdruck des Firmenleiters zu deuten, aber dieser zeigte sich von der verschlossenen Seite und trug darüber hinaus ein penetrantes Überlegenheitsverhalten zur Schau. Aber genau das war es, was Pif immer zur Weißglut brachte. Nur mit Mühe konnte er seinen Ärger zügeln.

Albers schilderte ihnen den Verstorbenen als Mann der ersten Stunde, der den ganzen Betrieb mit aufgebaut hatte und die Zuverlässigkeit in Person gewesen war.
„Hatte der verstorbene Peter Mohr Feinde in der Firma?“, unterbrach Pif die Lobhudelei.
„Nein, wo denken Sie hin, Herr Hauptkommissar, der Mann war bei uns sehr beliebt. Und fachlich äußerst kompetent. Er hinterlässt eine nur schwer zu schließende Lücke.“

„Aber schauen Sie mal, Herr Albers, der Mann wurde hier ermordet, das steht außer Frage. Jemand hat seinen geliebten Macallan durch dieses Teufelszeug ersetzt. Ein Chemiker trinkt so etwas nicht. Der würde sich anders umbringen, nicht so grausam. Wir wissen von seiner Frau, dass er dem Whisky sehr zugetan war. Haben Sie Arsen hier im Haus?"
„Oh, nein, Herr Hauptkommissar, ein solches Gift lagern wir hier nicht."
„Was lagern Sie denn? Kann ich mir Ihr Depot einmal einsehen?"
Aber gerne, kommen Sie, ich begleite Sie und Frau Kommissarin. Darf ich bitten?"

Albers ging vor und hielt den Kommissaren die Tür auf.
„Bitte nach Ihnen."

Albers stellte mit Missmut fest, dass der Kommissar größer war als er selbst, ließ sich aber nichts anmerken. Er führte Pif und Tina durch die Produktionshalle bis in die Lagerhallen, wo die verschiedenen Rohstoffe in Containern aufbewahrt wurden. Peinlichste Sauberkeit herrschte bis in die letzten Winkel. Nirgendwo befand sich etwas anderes als große Container. Kein Döschen, keine Flasche, kein Karton. Jeder Container trug eine Identifikationsnummer und die chemische Formel des Inhaltsstoffes. *Hätte ich in Chemie besser aufgepasst,* dachte Tina, *könnte ich hier vielleicht mitreden.* Da sie aber eine gewiefte Frau war, zog sie ihr Handy und fotografierte alle Schildchen.

„Weiter haben Sie keine Lagerhallen?", fragte Pif zum Schluss des Rundganges.

„Nein, keine. Diese Behälter decken unseren Bedarf für etwa drei Wochen, der Nachschub ist immer gewährleistet. Wir möchten nämlich nicht zu viel Platz für unser Rohmaterial blockieren und uns mit einem größeren Lager nicht eventuellen Diebstählen oder Erpressungen aussetzen."

Als sie zurück in Albers' Büro kamen, brannte Pif darauf, die Frage nach dem Zugang zur Firma zu stellen.

„Als wir in das Gebäude hereinkamen", begann er, „wurden wir von einem Pförtner nach unserem Begehren gefragt. Werden Ihre Besucher immer gecheckt, ehe sie hereingelassen werden?"

„Im Prinzip ja", beteuerte Albers. „Unsere Kontrollen sollen umfassend sein. Niemand soll ohne Weiteres Zutritt zu unserer Firma haben. Dafür ist unsere Produktion zu sensibel. Jeder Besucher muss außerdem seinen Ausweis vorlegen und sich in ein Besucherbuch eintragen."

„Kann es denn aber sein, dass ein Besucher unerkannt in das Gebäude eindringen könnte? Ihr Pförtner darf sich ja schließlich auch mal kurz von seinem Posten entfernen."

„Theoretisch ist das möglich", musste Albers eingestehen, „aber natürlich sollte das nicht vorkommen."

Wenn ich richtig überlege, dachte Pif, *muss ein Eindringling nur den richtigen Moment abwarten, um unbemerkt ins Gebäude zu gelangen. Somit könnte ein jeder hier gewesen sein. Das natürlich würde die Liste der Verdächtigen von ein paar Wenigen auf eine wesentlich höhere Zahl verlängern.*

„Ihr Pförtner, seit wann arbeitet der denn schon bei Ihnen, Herr Albers?"

„Den Herrn Wolfgang Mertens habe ich eingestellt, als wir hierhinzogen. Der Mann ist absolut vertrauenswürdig. Der hat mir sehr gute Zeugnisse vorgelegt", erklärte Albers.

Anschließend fragte Petry nach den anderen leitenden Mitarbeitern. Der Chef ließ es sich nicht nehmen seine drei engsten Angestellten sehr zu loben; jenen

Kay Schilling, der nun die Nachfolge des verstorbenen Peter Mohr antreten würde sowie die beiden Pharmazeuten Martin Becker und Johann Kirsch.

„Wie lange arbeiten diese Herren denn bereits in Ihrem Betrieb?“, fragte Tina den Chef des Unternehmens.

„Frau Kommissarin, seit Jahren bereits, die haben den Umzug hierher mit organisiert. Die arbeiten seit Beginn der Firma hier. Nein, der Herr Schilling ist jünger, der wird so um die drei Jahre bei uns sein. Genau kann Ihnen das die Personalchefin Frau Kathrin Herzel sagen.“

„Nicht notwendig“, winkte Pif ab.

„Wie war denn das Klima zwischen den vier Leitenden?“, nahm Tina den Ball auf.

„Aber ausgezeichnet, Frau Kommissarin. Wenigstens sind mir nie Beschwerden zu Ohren gekommen.“ Albers bemühte sich um einen betont ehrlichen Gesichtsausdruck.

„Herr Albers“, knurrte Pif genervt, „etwas verstehe ich nicht. Sie betonen die gute Stimmung, sozusagen Friede, Freude, Eierkuchen in Ihrem Betrieb. Und dabei ist einer Ihrer leitenden Angestellten hier im Haus ermordet worden. Da stimmt doch etwas hinten und vorne nicht. Wer hatte Zugang zu Mohrs Büro?“

Bei dem Ausdruck *ermordet* war Albers sichtlich zusammengezuckt.
„Wir alle, Herr Kommissar, hatten Zugang zu seinem Büro. Und er zu unseren. Ganz selbstverständlich. Auch meine Sekretärin konnte ihm Unterlagen bringen oder sogar auf den Schreibtisch legen, wenn er nicht anwesend war.
Pif ließ nicht locker und fragte messerscharf:
„Wer wusste von Mohrs Alkoholproblem?“
„Aber Herr Kommissar, das kannten wir doch alle.“
„Auch sein Versteck?“
„Welches Versteck meinen Sie, Herr Kommissar?“
Pif platzte der Kragen.
„Herr Albers, ich schlage vor, Sie hören jetzt auf mit Ihrer Lügerei.“

Plötzlich zeigte Albers sichtliche Zeichen der Verwirrung. Seine Bewegungen wurden fahrig. Pif sah sich auf dem richtigen Weg und bohrte weiter.
„Herr Albers, was verschweigen Sie uns?“

Albers setzte sich und sortierte seine Gedanken. *Was sagen und was nicht sagen?, fragte er sich. Der Kommissar hier ist ein gewiefter Hund und das junge Ding vermutlich nicht weit davon entfernt. Also Vorsicht!*

„Um ehrlich zu sein ...“
Pif unterbrach ihn.
„Endlich. Nun kommen Sie zur Sache!“
„Also, der Mohr war schon ein Problemfall. Immer weniger zuverlässig, immer öfter betrunken. Kündigen wollte ich ihm nicht, denn er hat eine Familie, die dann unversorgt gewesen wäre.“
„Ja, und da haben Sie Ihr gutes Herz sprechen lassen.“
Albers versuchte, die Ironie des Kommissars zu ignorieren.
„Ich habe noch abwarten wollen. Mit der Kündigung, meine ich. Wenigstens bis die Tochter in Arbeit und Brot steht, das kann noch etwas dauern. Und so einfach wäre eine Kündigung ja auch nicht geworden.“
„Waren Sie unter Druck geraten?“
„Frau Kommissarin, Druck wurde nicht direkt auf mich ausgeübt, das nicht, aber ich bekam die Unzufriedenheit der Belegschaft deutlich zu spüren. Und hinter dem Rücken von Mohr haben die anderen Angestellten schon einiges gemanagt, was eigentlich seine Aufgabe gewesen wäre.“
Tina wollte mehr erfahren.
„Und das hat geklappt?“
„Eigentlich immer gut.“

„Also, wenn ich recht überlege“, resümierte Pif, „dann hätte ohne den Mohr so einiges besser funktioniert!“
Albers wehrte sich.
„So habe ich das nicht gemeint!“
„Herr Albers, so haben wir das aber durchaus verstanden.“

Pif bedauerte, keinen Durchsuchungsbeschluss in der Tasche zu haben. Den hätte er jetzt am liebsten dem Albers auf den Tisch geknallt und den ganzen Laden nach Arsen durchsuchen zu lassen. Schließlich tröstete er sich mit dem Argument, dass der Mörder längst genügend Zeit gehabt hätte, um sich eines kleinen kompromittierenden Behälters zu entledigen.

8

Claudia öffnete den Kofferraum ihres Autos und entnahm zuerst ihre Wanderschuhe, in die sie hineinschlüpfte, dann ihren Anorak, den sie über die Schultern legte, schließlich ihre Taschenlampe, die sie in einer Jackentasche verstaute. In der Zeit, in der sie ihre Schuhe schnürte räumte ihr Freund Thomas Weber alles zusammen, was er benötigen würde. Darunter war ein Distanzmessgerät, ein Helm mit Lampe, Stift und Schreibzeug. Handschuhe, festes Schuhwerk und eine warme Jacke hatte er auch übergezogen. Vorsichtig tasteten die beiden sich schließlich ins Innere des alten Gemäuers in Langsur vor.

Der Gang war nicht endlos lang, nach fünf Metern bog er links ab und führte zu dem Saal, den die Mutter noch in Erinnerung hatte. Sprachlos standen Claudia und Thomas inmitten eines völlig unbekannten Gebäudes. Sie leuchteten nach oben, dann leuchteten sie die Mauern an. Nirgendwo war eine Öffnung zu sehen.

„Wow!“, stieß Thomas aus. „Was kann das hier gewesen sein?!“

„Also, ich bin sprachlos! Hier hat meine Mutter als Kind gespielt, das hier muss der große Saal sein, von dem sie mir gestern erzählt hat." Claudia näherte sich einer Wand und kratzte an deren Oberfläche.
„Steinblöcke. Das hier scheint gemauert zu sein." Sie scharrte mit einem Fuß am Boden. „Schau mal hier, Thomas, ziemlich eben, der Untergrund. Was mag das hier wohl gewesen sein?"

Thomas zuckte mit den Schultern. Anstatt zu antworten, zog er den Distanzmesser aus seiner Jackentasche, hielt ihn an die eine Mauer und peilte die gegenüberliegende an. Dann maß er auch die Breite des Raumes aus und schließlich die Höhe. Das Ergebnis skizzierte er akkurat auf ein kariertes Blatt Papier. Schließlich nahm er die Maße des Ganges und zeichnete dessen Lage ebenfalls auf.
„Dieser Gang muss aber auch noch irgendwo anders hinführen. Komm Claudia, wir gehen mal weiter."

Der Gang mündete in eine Treppe. Vorsichtig stiegen sie die sehr unebenen sechs Steinstufen hinab. Die Treppe führte sie geradewegs in einen kleinen niedrigen Raum. An den Mauern dieses Raumes konnten Thomas und Claudia deutlich erkennen, dass auch er aus dem natürlichen Felsen herausgeschlagen worden war. Eine kleine Nische führte weiter in einen ähnlichen Raum.

Thomas peilte wieder alle Mauern an und zeichnete sie auf. Anhand seiner Skizze war deutlich zu erkennen, dass diese beiden Kellerräume nicht unter dem großen Raum lagen.
„Über diesen kleinen Höhlen muss noch etwas anderes zu finden sein", meinte Thomas. „Komm Schatz, wir steigen wieder hoch und suchen weiter."
„Was meinst du mit *noch etwas*?"
„Ich hab da so eine Idee." Mehr verriet Thomas nicht. Claudia blickte ihn fragend an.
Thomas leuchtete ihr ins Gesicht.
„Guck nicht so misstrauisch, Claudia!"
„Ich guck doch nicht misstrauisch. Angespannt vielleicht. Aber komm, hilf mir die Stufen hoch, ich möchte hier nicht fallen und mir die Haxen brechen."

Galant half er seiner Freundin wieder ins Erdgeschoss.
„Du bist aber auch echt unverbesserlich", warf sie ihm vor, „mich am Po nach oben drücken!"

„Wo hätte ich dich denn sonst anfassen sollen, um dich nach oben zu drücken? Deinen Knackarsch lasse ich mir doch nicht entgehen!“
„Komm, sprich nicht so ein dummes Zeug!“, scherzte Claudia und tat, als ob sie empört sei.
„Von wegen dummes Zeug! Aber mal Spaß beiseite, wir müssen noch weitersuchen. Komm, wir leuchten noch einmal den ganzen *Festsaal* aus.“

Und tatsächlich, in der hintersten Ecke entdeckten sie noch einen weiteren Durchgang zum Gebäude. Dieser Gang allerdings lag voller Steine, der war für sie so nicht passierbar. Thomas schlug vor, einige Steine aus dem Weg zu räumen, um wenigstens noch die Länge des nächsten Raumes messen zu können. Aber dieses Vorhaben scheiterte wegen der Unmenge an Blöcken, die den Weg versperrten.
„Hier scheint ein Teil des Gebäudes zusammengekracht zu sein“, bemerkte Thomas, „aber, worum kann es sich bloß gehandelt haben?“
„*Du* bist hier der Historiker, das müsstest du doch eigentlich herausfinden können“, neckte Claudia ihn.
Das konnte Thomas nicht auf sich sitzen lassen.
„Meinst du denn, ein Historiker müsste jeden alten Keller kennen?“

„Na ja“, neckte Claudia ihn weiter, „ein guter Historiker schon. Nehme ich mal an.“
„Nimmst du einfach so an. Aha! Dann werde ich mich einmal schlau machen.“
„Finde ich gut. Vielleicht haben wir heute *die* Entdeckung des Jahrhunderts gemacht und wissen es nicht einmal“, entgegnete sie ihm.

In Gedanken versunken schlenderten die zwei zum Auto, packten ihre Siebensachen wieder in den Kofferraum und fuhren zurück in die Stadt. Das junge Paar bewohnte eine schöne Dreizimmerwohnung in Feyen. Vor Jahrzehnten war dieses Wohngebiet fest in der Hand des in Deutschland stationierten französischen Militärs gewesen. Mit dem Abzug der Franzosen, die mittlerweile Freunde der Trierer waren, fiel das ganze Gelände der Stadt wieder zu, und eine rege Bautätigkeit setzte ein. Wohnhäuser wurden veräußert, Wohnblöcke in Eigentumswohnungen aufgeteilt, und das ganze Stadtviertel renovierte man bis auf die Grundmauern. Vater Weber hatte dort eine Wohnung gekauft, die er nach der Sanierung seinem Sohn zur Verfügung stellte. Thomas war fünfundzwanzig Jahre alt und sollte endlich auf eigenen Füßen stehen, anstatt immer noch im Hotel Mama zu wohnen.

Seit einem Jahr waren Thomas und Claudia ein Paar, und Claudia inzwischen bei ihrem Thomas eingezogen. Jeder von ihnen besaß ein kleines Auto, sodass sie unabhängig vom Partner zu ihrer Hochschule gelangen konnten.

„Thomas, ich setze dich zuhause ab, wenn du möchtest, ich will noch einmal zu Mama fahren", schlug Claudia vor. „Sie fühlt sich so einsam."
„Kann ich verstehen, fahre nur, ich habe zu tun." Thomas war mit seinen Gedanken an den alten Mauern hängen geblieben und wollte versuchen, so schnell wie möglich an Informationen zu gelangen.

Claudia fuhr zurück in die Stadt, wo sie erst einmal eine halbe Stunde um die Porta Nigra herumkurven musste, ehe sie einen Parkplatz gefunden hatte.

Ihre Eltern besaßen seit einigen Jahren eine geräumige Eigentumswohnung in der Christophstraße. Die Wohnung lag in der ersten Etage mit einem schönen Blick in die Gärten und einer ausreichend großen Sonnenterrasse. Als Blumenfreundin hatte Rosi das Geländer um diese Terrasse herum voll mit Blumenkästen behängt, in denen ein bunt gemischter, üppiger Flor sowohl für Dekoration als auch für

Blickschutz sorgte. Rosi besaß wirklich den sprichwörtlichen grünen Daumen und freute sich über jedes Kompliment, das ihr wegen ihrer Blumen zuteilwurde.

Die Parksituation war das einzig Negative, das man der Wohnung vorwerfen konnte. Aus diesem Grund besaß Rosi auch kein Fahrzeug. Die Einkäufe erledigte sie im wahrsten Sinn des Wortes um die Ecke, und für alle weiteren Strecken stand Peters Auto, in einer Garage geparkt, zur Verfügung.

Claudia, die einen Schlüssel zur elterlichen Wohnung besaß, pflegte zu klingeln, aber gleichzeitig die Haustür aufzuschließen. Sie schaute, wie immer, in den Briefkasten und nahm alles mit hoch, was sich darin befand. Wenn sie dann oben angekommen war, stand ihre Mutter meistens schon an der Wohnungstür.
„Grüß dich mein Kind, alles gut?"
„Hallo Mama, komm, lass dich umarmen."
Mutter und Tochter gingen ins Wohnzimmer, wo Claudia, wie stets, den Blumenflor in den höchsten Tönen lobte. Claudia meinte es ehrlich, sie war sogar ein bisschen neidisch auf diesen schönen Balkon.

Der Mutter aber tat ein solches Kompliment wie dieses immer gut.

Claudia legte die Post auf den Tisch und setzte sich aufs Sofa.
„Gut siehst du heute aus, viel besser als gestern", flunkerte sie, um ihrer Mutter eine kleine Freude zu bereiten.
„Alles ist so schrecklich! Und wenn ich denke, dass das nie mehr aufhören wird!"
„Aber Mama, schau mal, gestern hast du dich wohlgefühlt, als wir den kleinen Ausflug gemacht haben. Sollen wir morgen wieder etwas unternehmen?"
Rosi hob die Schultern. „Wenn du meinst."
„Mama, du musst es schon wissen."
„Mal sehen. Morgen vielleicht. Was befand sich im Briefkasten?"
„Das Übliche, Werbung, Werbung, Werbung. Trotz deines Aufklebers."

Rosi blätterte durch den Wust an billigen Angeboten, als ein Brief herunterfiel.
Sie hob den Brief auf, schaute sich die Schrift an und wendete den ihn, um den Absender zu erfahren.

Kein Absender. Sie schaute auf den Stempel. Unleserlich. Eine 60-Cent-Marke. Inland also.

Aber die Schrift kam ihr irgendwie bekannt vor. Sie holte sich ein Messerchen aus der Küche, schlitzte den Umschlag vorsichtig auf und lugte ins Innere. Claudia stand auf und trat näher.
„Wer meldet sich denn da noch so lange nach der Beerdigung?"
Hastig steckte die Mutter den Brief wieder in den Umschlag. „Ach, nichts. Bloß eine Rechnung."

Claudia wollte nicht unhöflich sein oder gar aufdringlich wirken, also schwieg sie diplomatisch. Dass etwas im Busch war, stand fest. Nur was? Was verschwieg ihre Mutter ihr? Sie hatten bis jetzt doch immer ein offenes und vertrauensvolles Verhältnis gehabt. Es war aber offensichtlich, dass dieser Brief der Mutter förmlich in der Hand brannte. Und dass sie nicht wusste, wie sie ihre Tochter diplomatisch hinauskomplimentieren könnte.

Aber Claudia hatte längst verstanden.
„Du Mama, ich muss noch schnell zur Sparkasse, ehe sie schließt, sei mir nicht böse, ich bin in zehn Minuten zurück. Kann ich dir etwas mitbringen?"

„Nein, danke, Claudia, lass mal, ich brauche nichts. Bis gleich!"
„Ja, Mama, bis gleich!", rief Claudia und hastete die Treppen hinunter.

Als sie ihr Schokoladeneis bei Calchera fertig geschleckt hatte, wischte sie sich über die Mundwinkel, um eventuelle verräterische Spuren zu entfernen und marschierte wieder zur Mutter. Diese traf sie in einer sonderbaren Stimmung an, in einer Verfassung, die irgendwo zwischen Hoffnung und Unsicherheit angesiedelt war. Aber sie wollte sich nichts anmerken lassen, sondern plauderte über die Sparkasse, über das Wetter und über ihre Blumen.
„Übrigens, als du fort warst, hat die Maria angerufen, wir treffen uns morgen zum Essen in der Brasserie. Ich rufe dich morgen Abend an. Dann können wir für übermorgen etwas ausmachen. Geht das bei dir?"
„Aber natürlich, Mama, geht das." Claudia ließ sich nichts anmerken, sondern spielte das Spiel mit. „Ich melde mich dann bei dir", meinte ihre Mutter weiter. „Komm, fahre du jetzt heim zu deinem Schatz, der wartet bestimmt schon auf dich."
Mutter und Tochter verabschiedeten sich aufs Herzlichste.

9

„Guten Morgen, Pif“, flötete Tina, die René im Schlepptau führte.
„Guten Morgen, Tina! Oh, guten Morgen, René, schön, dass du dich mal wieder blicken lässt, wie geht es dir?!“ Pif war aufgestanden, um seinen Freund René willkommen zu heißen.
Die beiden Männer begrüßten sich mit einem festen Händedruck und klopften sich auf die Schulter, so, wie Freunde sich begrüßen, wenn sie sich länger nicht mehr gesehen haben.
„Hallo Pif, och, es geht. Viel Arbeit, aber die habt ihr doch neuerdings auch. Erzählt mal, was hat es mit diesem Arsen auf sich? Tina hat mir gestern bereits Andeutungen gemacht.“
„Komm, wir setzen uns erst einmal.“

Und Pif berichtete ausführlich von dem Mord an Mohr, von der Pharmafirma, von Mohrs Familie und schließlich von dem Stand der Ermittlungen.
„Tja“, meinte daraufhin der Luxemburger Commissaire, „da hat Tina schon recht, das Arsen könnte aus dem Einbruch in Grevenmacher stammen. Aus diesem Grund habe ich dem Chemiekontor gestern einen weiteren Besuch abgestattet.“

„Jetzt wird's spannend!", warnte Tina ihren Vorgesetzten.
„Ja, die haben dort einen größeren Behälter stehen, in dem befindet sich tatsächlich Arsen."
„Ja, und?" Pif konnte seine Ungeduld kaum noch zügeln.
René schaute Pif und Tina an.
„Die haben zwar das Zeug da stehen, wissen aber nicht, wie viel davon fehlt. Davon wurde in letzter Zeit so wenig geordert, dass die Liste, die über die Bestellungen Aufschluss gibt, mittlerweile verschollen ist. Niemand hat die gefunden. Also kann auch niemand mir sagen, ob da was fehlt oder nicht."
„Na, fabelhaft!", konstatierte Pif.
„Ich gehe aber noch einer anderen Spur nach", fuhr René fort, „wir haben die Nachbarn befragt, ob die in der betreffenden Nacht ein Geräusch gehört hätten. Haben sie! Gleich drei Nachbarn sprechen von einem größeren Fahrzeug, das angekommen sein soll, so gegen fünf Uhr in der Frühe. Dann eins, das ganz kurz danach abgefahren sei. Eine halbe Stunde später sei dann ein Fahrzeug, vermutlich eines größeren Kalibers, abgefahren. Und da die Nachbarn nicht beunruhigt waren, haben sie sich umgedreht und weitergeschlafen."

„Kannst du damit was anfangen, René?“, erkundigte sich ein gespannter Pif.
„Aber sicher doch! Der erste Pkw, der weggefahren ist, scheint, und da sind wir uns fast sicher, einem Nachbarn zu gehören, der sich um diese frühe Morgenzeit mit seinem Auto in den Urlaub verabschiedet hat. Kein Nachbar weiß, wohin und keiner wie lange genau. Jedenfalls wird der bei seiner Rückkehr in Kenntnis gesetzt, dass er sich bei mir melden soll. Vielleicht hat er ja mitbekommen, um welches andere Fahrzeug es sich da handelt.“
„Dünne Sachlage“, murmelte Pif vor sich hin. „Da können wir nur auf ein Wunder hoffen.“
„Allerdings. Jedenfalls ermittle ich jetzt in eine völlig andere Richtung. Das Opfer, 28 Jahre alt, Portugiesin, führte einen eher lockeren Lebensstil. Ein uneheliches Kind, einen Exfreund, einen aktuellen Freund und einen eifersüchtigen Liebhaber. Mal ehrlich, würdet ihr da nicht auch die Eifersuchtsschiene fahren?“
„Mit Sicherheit“, stimmte Pif ihm zu.
„So kann man sich irren! So können nur Männer sich irren!“, rutschte es Tina zu ihrem Bedauern heraus. Was natürlich bei den beiden Koryphäen nicht gerade gut ankam und ihr schräge Blicke einbrachte.

„Ja, und weil es gestern Abend für René zu spät geworden war, ist er dann bei mir geblieben“, schob sie halb ablenkend, halb entschuldigend hinzu.
„Jetzt verstehe ich auch, warum die schöne Juliette nicht mitgekommen ist“, meinte Pif. „René, wo hast du die denn gelassen?“

Tina schien sichtlich nervös, als das Gespräch auf Juliette kam.
Zwar hatte sie vollstes Vertrauen in ihren Chéri, dennoch plagte sie ein ungutes Gefühl. Den ganzen Tag verbrachte diese Schönheit neben René in ein und demselben Büro. *Da kann schnell mal ein Funke überspringen,* dachte sie. *Hat diese Juliette eigentlich einen Freund? Aber auch einem Freund kann man kündigen, wenn es nicht mehr so richtig läuft. Und der René ist ein Prachtkerl. Attraktiv, herzlich und lieb obendrein. Dazu intelligent, und ...*
„Die muss die Stellung halten, mein lieber Pif, dieser Nachbar kann sich ja zu jeder Zeit melden.“
„Oder auch nicht.“
„Pif, nun sei doch nicht so defätistisch!“
„Ich defätistisch? Nun mach aber mal einen Punkt. Ich weiß nur zu genau, dass unser Kollege, der viel gerühmte Kommissar Zufall, sich sehr rar macht. Ich rechne nicht damit, dass dieser Nachbar kommt und

euch das Kennzeichen und die Automarke, das Modell samt Farbe und Besonderheiten auf den Tisch legt."
„Davon gehe ich natürlich auch nicht aus, aber es ist eben ein Anfang. Eine vage Hoffnung."

„Aber", monierte Pif, „die Putzfrau kann doch schließlich nicht allein da gewesen sein?"
„Natürlich nicht. Diese Frau und ihre zwei Kolleginnen arbeiteten von fünf Uhr in der Frühe bis halb acht. Die Kolleginnen in den Büros, sie im Lager. Ihre Kolleginnen haben von dem Mord nichts mitbekommen."
„Wurden die denn nicht mit einem Fahrzeug zur Arbeitsstelle gebracht?", fragte Tina.
„Nein, alle drei wohnen oder wohnten im Ort, die kamen immer zusammen zu Fuß."
„Kann denn nicht eine von ihnen, oder meinetwegen auch alle beide ...?"
„Nein, natürlich nicht! Kann nicht sein. Sie waren Freundinnen und entfernte Cousinen, diese Bande sind stärker als Probleme. Besonders bei den Portugiesen. Und das Opfer war kräftiger, die beiden anderen eher schmächtig, da ist es schon schwierig, jemandem die Kehle so lange zuzudrücken, bis der arme Mensch erstickt ist. Das bringt so schnell keine

Frau fertig. Abgesehen davon hat keine der beiden Cousinen irgendeinen Kratzer oder ein Hämatom aufzuweisen. Einen Kampf hat es zwischen denen nicht gegeben."

„Und keine will was davon mitgekriegt haben?", staunte Pif.

„Nein, ausgeschlossen, die beiden anderen arbeiteten, wie gesagt, in einem separaten Gebäude."

„Wie wurde denn die Frau umgebracht?", wollte Tina wissen.

„Von zwei Männern. Der eine muss sie festgehalten haben, während der andere ihr die Kehle zugedrückt hat. Der Leichnam trägt neben den Würgemalen am Hals Spuren von Gewalt, besonders an den Armen und in der Rippengegend. Die Frau muss sich heftig gewehrt haben. Gekratzt hat sie ihre Angreifer auch, wir haben zum Glück Hautpartikel unter ihren Fingernägeln sicherstellen können und eine DNA-Extraktion vorgenommen. In der Datenbank konnten wir sie aber nicht zuordnen."

„Und die Einbruchsspuren?", fragte Pif.

„Das Lager wurde aufgebrochen, keine Fingerabdrücke, keine Haare, einige Fasern, die uns aber nicht weiterbringen."

„Ortskenntnisse?"

„Wissen wir nicht, vermutlich nein."

Tina schaute nachdenklich.
„Wenn es nun kein Mord aus Eifersucht war, was kann dann das Motiv gewesen sein? Eine Putzfrau umbringen, das macht doch keinen Sinn."
„Doch, in diesem Fall schon", spekulierte Pif. „Wenn der Giftdiebstahl mit einem geplanten Mord in direktem Zusammenhang steht ..."
„Du meinst, in diesem Fall müsste ein Augenzeuge ausgeschaltet werden", unterbrach ihn René.
„So etwas in der Art. Ja. Aber das ist reine Spekulation."

René erhob sich. „Ich glaube, ihr Lieben, es wird Zeit für mich, ich kann Juliette nicht zu lange allein lassen. Aber das hier war ein gutes Gespräch, ich glaube, wir sind ein Stückchen weitergekommen."
„Ganz unsererseits, René", entgegnete Tina. „Wir halten dich auf dem Laufenden, und du uns. Es wäre doch zum Lachen, wenn wir diesen Fall nicht auch zusammen lösen könnten!"

Tina stellte sich auf die Zehenspitzen, schloss die Augen und hielt René ihre Mund zum Kuss entgegen. Der Commissaire konnte sich dieser Aufforderung nicht entziehen und flüsterte ihr zärtlich ins Ohr: „Bis bald, Chérie!“

10

Thomas brütete über seinem Plan, den er von dem Gemäuer angefertigt hatte und verglich noch einmal die Messungen mit der Zeichnung. Die bestehenden Mauern hatte er mit durchgehenden Linien gezeichnet, sogar die Stärke dieser Mauern, sofern sie messbar waren, hatte er maßstabsgerecht eingetragen. Als Historiker, der bereits viele Burgen und Schlösser studiert hatte, und deren verschiedene Grundrisse er sogar chronologisch einzuordnen wusste, war er nun auf seine Intuition angewiesen, um den Plan, wenn auch nur hypothetisch, zu vervollständigen. Dazu bedurfte es nur noch einer topographischen Karte des Geländes, die er sich umgehend telefonisch in einer Buchhandlung bestellte.

Denn in ihm gärte eine Idee, von der er nicht mehr loskam. Es war nur ein Verdacht, eine Spekulation, vielleicht nur ein Hirngespinst, aber dieser Idee musste er nachgehen. Wenn er recht haben sollte ...

Kurzerhand schwang er sich in sein Auto und düste wieder nach Wasserbilligerbrück. Dort packte er aus seinem Kofferraum zwei wichtige Geräte aus: ein Metallsuchgerät und einen Schwingungshammer. Er setzte sich den Leuchthelm auf den Kopf und begab sich in das alte Gemäuer. Dort klopfte er mit seinem Spezialhammer erst einmal alle Wände ab. Je nach Schwingung des Lautes konnte er in etwa die Dicke der Mauer näher einschätzen, aber noch wesentlicher war, dass er heraushörte, ob sich hinter der Mauer womöglich ein weiterer Raum befand. Um die Resonanz sogar noch deutlicher zu hören, hatte er sich ein Stethoskop in die Ohren gesteckt. Abwechselnd klopfte und lauschte er, dann griff er zu seinen Unterlagen und trug akkurat seine Schätzwerte ein. Ein zufriedenes Lächeln huschte über sein Gesicht. *Hab ich mir gedacht*, murmelte er.

Als er mit dieser Arbeit fertig war suchte er systematisch den Boden ab nach eventuellen metallischen Funden, kroch ein weiteres Mal mit seinem Gerät durch die kleinen Kammern, stocherte zwischen den Steinblöcken. Und tatsächlich, plötzlich meldete sich das Gerät. Zwischen diesen großen Steinen, die seiner Vermutung nach zusammengefallene Mauern sein müssten, schien sich ein kleiner metallischer Gegenstand zu verbergen. Er krempelte den Ärmel hoch und griff in den Spalt. Viel schneller als gedacht schoss seine Hand wieder hoch. Er hatte in ein Spinnennetz gegriffen und ein kampflustiges Heer von fetten schwarzen Achtbeinern krabbelte aufgeregt seinen Arm hoch. Wenn Thomas *ein* Tier nicht leiden konnte, war es die Spinne. Davor hatte er seit seinen Kindertagen einen unüberwindlichen Ekel entwickelt. Er spürte, wie ihm die Haare zu Berg standen und wie sich sein Magen verkrampfte. Hastig klopfte er sich die Viecher vom Arm, dann auch noch von seinem Ärmel. Schließlich zog er die Jacke aus und schüttelte sie, um die restlichen Krabbeltiere zu entfernen. Voller Wut trat er auf alles, was sich noch bewegte.

Wie aber kam er an das Metall ran? Und lohnte es sich überhaupt noch einmal da hineinzugreifen? Nein, hineingreifen würde er keinesfalls mehr. Er würde ja vor lauter Ekel noch die letzten zehn Mahlzeiten zusammen erbrechen. Aber an das Metall musste er kommen!

Er hastete zu seinem Wagen, packte alles ein und sauste nach Euren. Dort betrieb eine Bekannte seiner Mutter ein kleines Änderungsatelier. Er konnte sich erinnern, dass diese Schneiderin mit einem Magneten die heruntergefallenen Stecknadeln mühelos aufhob. Dieses Magnetteil und eine kleine Schur borgte er sich für kurze Zeit und düste zurück zu seiner Baustelle. Den Magneten band er an der Schur fest und ließ ihn vorsichtig zwischen den großen Steinen hinab. Mehrmals hob und senkte er die Schnur, schließlich hörte er ein leichtes Klicken. Sein Herz klopfte, seine Spannung stieg. Was hatte er da wohl an der Angel?

Zum Vorschein kam schließlich ... nichts. Da unten lag etwas, aber es war nicht magnetisch. So viel stand fest. Also war dieses Etwas nicht aus Eisen. Aber, was nun? Noch einmal mit der Hand zwischen die Steinblöcke greifen? Niemals. Plötzlich kam ihm eine Idee. Er ging zu seinem Wagen und fuhr zum Baumarkt. Dort stöberte er solange herum, bis er den Einkaufswagen mit Sachen von oberster Dringlichkeit für einen jungen Haushalt halb voll geladen hatte; das richtige Gerät aber fand er erst nach sehr langem Suchen. Dann hatte er es plötzlich sehr eilig, bezahlte den ganzen Kram und sauste zu seiner Burg zurück. Voller Spannung strahlte er mit seiner Taschenlampe das Etwas an, ließ das flexible Röhrchen zwischen den Steinen hinunter und drückte das dünne Kabel hinein, bis am unteren Ende drei kleine Greifärmchen herausglitten, die sich spreizten. Mit diesem Greifwerkzeug vermochte er endlich das kleine runde Ding zu packen und vorsichtig hochzuziehen.

Keine große Entdeckung. Aber immerhin war er nicht leer ausgegangen. Enttäuscht war Thomas trotzdem; er packte seine Sachen zusammen, brachte den Magneten wieder zurück und fuhr heim.

Unterwegs allerdings erinnerte er sich daran, dass im Mittelalter viele Münzen aus Kupfer oder Bronze geprägt worden waren, einige aus Silber, die bis heute wohl eine ganze Menge Patina angesetzt haben mussten. Nur: wenn er einen Numismatiker zu Rate ziehen würde, so könnten Fragen nach dem Fundort gestellt werden, und das musste er im Augenblick unbedingt vermeiden.

Also badete er zuerst die Münze, strich mit einer kleinen Bürste den Sand und den Schmutz ab, trocknete sie mit Küchenkrepp und untersuchte sie mit einer Lupe. Wenigstens eine halbe Stunde beschäftigte er sich damit, drehte und wendete die Münze immer wieder. Aber das Resultat war mager. Weder konnte er erkennen, wer darauf abgebildet war, geschweige denn eine Zahl. Er ahnte nur, dass das Geldstück sehr, sehr alt sein müsste. Um

Weiteres zu erfahren, ging er ins Internet, wo er sich schlau machen wollte. Aber unter den vielen tausend verschiedenen Münzen aus eintausend Jahren Mittelalter die richtige herauszufinden, war ein viel zu mühsames Unterfangen.

Also beschloss er, die Münze abzupausen. Dafür legte er ein dünnes Papier darauf und strich mit einem sehr weichen Bleistift darüber. Jetzt kamen die Konturen viel besser zum Vorschein, wahrscheinlich, weil sich weniger Details auf der Zeichnung befanden als auf der Münze selbst. Auf der Münze, die von einer dünnen Harzschicht bedeckt war, entzifferte er den Namen *Otto*. Und zwar nicht *Otto II.* oder *Otto III.*, nein, nur Otto. Also Otto der Große, zehntes Jahrhundert.

Fast hätte es ihm die Sprache verschlagen. Hatte er tatsächlich eine Münze aus dem 10. Jahrhundert gefunden? Und wenn ja, damit auch eine Burg aus dem 10. Jahrhundert? Die Münze wickelte er in ein Stück Küchenpapier und legte sie zu seinen Stiften.

Hecktisch packte er die Resultate seiner Messungen aus und machte sich an die Arbeit. Fieberhaft zeichnete er akkurat die noch bestehenden Grundmauern, dazu zeichnete er die vermuteten Räume, zuerst den Bergfried, dann eine Zisterne und die Kapelle, schließlich malte er sehr kreativ verschiedene Räume und Kammern, Brunnen und Verliese, Höfe und Küchen und hisste zu guter Letzt auf der Turmspitze eine majestätische Flagge, die im Wind flatterte.

Als Claudia heimkam überraschte Thomas sie stolz mit seinen Einkäufen aus dem Baumarkt, die er bereits ausgepackt und auf dem Küchentisch ausgebreitet hatte.
„Was soll denn der ganze Kram?", schimpfte sie.
„Können wir doch alles gut gebrauchen!", verteidigte Thomas sich.
„Sieben Sorten Schrauben, drei verschiedene Schraubendreher, Dichtungen, Batterien?", meinte Claudia.
„Kann man alles gebrauchen. Irgendwann."
„Ja, ja. Irgendwann. Und zwischenzeitlich werden die Sachen irgendwohin gepackt und vergessen. Und dann wieder neue gekauft, das kenne ich ja bereits."

Trotzdem schaute Thomas sie siegesbewusst an und hielt ihr den kleinen „Greifer" vor die Nase.

„Und dieses Ding habe ich auch gekauft. Und damit habe ich *das* hier zwischen den Steinblöcken herausgezogen.“ Er kramte zwischen seinen Stiften, wickelte die Münze aus und zeigte sie Claudia mit unverhohlenem Stolz.

„Mit Todesverachtung übrigens, die Münze wurde von einem Heer von fetten Spinnen bewacht“, fügte er trocken hinzu.

„Du Ärmster, du mit deiner Arachnophobie!“, spottete sie.

„Das ist keine Phobie, ich ekle mich bloß vor diesen Viechern. Aber gestern, als die Maus dir über den Weg gelaufen ist, hast du da nicht geschrien wie am Spieß? *Das* ist eine Phobie, *das* ist reine Angst!“

„Quatsch, ich war bloß erschrocken!“ Claudia musste jetzt dringend das Gespräch in eine andere Richtung lenken.

„Was hast du denn hier gezeichnet?“ Sie griff nach Thomas‘ Plan von der Burg in Wasserbilligerbrück, einem fast fertigen Bild einer kleinen mittelalterlichen Kernburg aus dem 10. Jahrhundert. Gespannt wartete Thomas auf ihre Reaktion.

„Du spinnst!“, war ihr dürrer Kommentar dazu.

11

Hektisch riss Bernd Albers den Umschlag auf, den ein Bote ihm gerade in sein Büro gebracht hatte. Mit sichtlicher Nervosität überflog er die Zahlen der monatlichen Bilanz seines Unternehmens, aber seine Züge entspannten sich zusehends. Die Zahlen sprachen eine zuversichtliche Sprache. Das Darlehen für den Umbau der Produktionshalle schmolz dahin, in wenigen Monaten würde auch der neue Fuhrpark abbezahlt sein. Spielend leicht würden dann auch die Gehälter der neuen Mitarbeiter aufzubringen sein.

Entschlossen griff er in die unterste Schublade seines Schreibtisches und zog eine in Leder gebundene Dokumentenmappe hervor, die er langsam und genüsslich aufblätterte. Des Mannes schönstes Spielzeug. Rot soll es sein und wenigstens acht Zylinder und 350 KW unter der Motorhaube beherbergen, es soll mit weißen Ledersitzen und einer leistungsfähigen Klimaanlage ausgestattet sein. Und Vierradantrieb auf jeden Fall. *Wenn ich den Carrera jetzt bestellen würde,* dachte er, *dann könnte ich ihn in vielleicht noch dieses Jahr in Empfang nehmen. Die Finanzierung ist ja nicht mehr das geringste Problem.* Des

Mannes schönster, oder zumindest zweitschönster Gedanke.

Als es an seiner Bürotür klopfte, schlug er wie ertappt die Mappe seiner Träume zu und wendete sie noch schnell auf die Vorderseite, denn dort stand in großen Lettern der Schriftzug *Porsche* zu lesen. Niemand aus der Firma sollte seine Schwachstelle kennen.

„Herein! Ach, Sie sind es, Herr Schilling, kommen Sie, setzen Sie sich! Was führt Sie zu mir?"

„Herr Albers", begann Schilling, „ich möchte mich gerne mit Ihnen über die Zukunft der Firma unterhalten. Jetzt, wo sich eine völlig neue Situation ergeben hat."

„Sie meinen nach dem Tod von Herrn Mohr?"

„Ja, genau", bestätigte Schilling, „ich wollte wissen, ob ich meine Arbeit zu Ihrer vollen Zufriedenheit ausgeführt habe."

„Herr Schilling", lobte Albers seinen Mitarbeiter, „bis heute haben Sie mich noch nie enttäuscht. Und ich hoffe, dass unsere Zusammenarbeit auch weiterhin so fruchtbar und diskret vonstattengeht."

„Ja, besonders jetzt, meinen Sie, nachdem Herr Mohr uns auf so tragische Weise verlassen hat."

„Genau das meine ich, Herr Schilling."

Ein Moment der Stille trat ein. Schilling versuchte, sich zu konzentrieren, um die nächste Frage besonders gut zu formulieren. Er räusperte sich.
„Sehen Sie, Herr Albers", meinte er dann, „ich engagiere mich richtig im Betrieb, ich identifiziere mich geradezu mit dem Betrieb, ich ..."
„Worauf wollen Sie hinaus?", unterbrach ihn der Chef eine Spur genervt.
„Meine Frau und ich haben, wie Sie wissen, unser zweites Kind bekommen. Und da wäre noch das Darlehen für das Haus zu bedienen und sowieso ist alles teurer geworden ..."
„Wenn Sie um eine Gehaltserhöhung nachfragen, mein lieber Schilling, muss ich Sie enttäuschen, das kann ich natürlich nicht auch noch aufbringen. Sehen Sie, die letzte Aktion hat mich eine Stange Geld gekostet, das wissen Sie so gut wie ich. Und davon muss die Firma sich erst einmal erholen. Wir benötigen noch viele Monate, bis die Lage sich beruhigt hat."
In Gedanken streichelte er seine Porsche-Mappe. Einen Moment lang sah er sich bereits auf der Autobahn, natürlich auf der linken Spur und dabei, wie er allen Schleichern zeigte, wer hier der Herr im Fuhrpark war.

Schilling ging über zu einer deutlicheren Formulierung.
„Herr Albers, Sie wollen doch bestimmt später ihre heutige Haltung nicht bereuen?“

Die beiden Männer sahen sich forschend in die Augen.
Kriegt der denn den Hals nie voll oder ist das bloß der Anfang?, dachte Albers eine Spur unsicher.
Der soll sich mal warm anziehen, dachte Schilling.

12

Claudia hatte schlecht geschlafen. Die halbe Nacht hatte sie gegrübelt, sich hin und her gewälzt, kaum dass sie kurz einnickte, schreckte sie schon wieder hoch. Am Morgen fühlte sie sich wie gerädert und ausgesprochen gereizt. Sie ließ die Kaffeemaschine laufen, holte die Milch aus dem Kühlschrank und setzte sich an den Tisch. Ihre Tasse Milchkaffee hielt sie in beiden Händen und blies gedankenversunken Halbkreise auf das heiße Getränk. In kleinen Schlucken schlürfte sie den Muntermacher, dachte an alles, bloß nicht ans Frühstücken.

Der Tod ihres Vaters beschäftigte sie. Die wildesten Spekulationen hatte sie aufgestellt, doch alle wieder verworfen, zu abstrus waren ihr bei näherer Betrachtung ihre Verdachte vorgekommen. Nein, mit Thomas wollte sie nicht darüber sprechen, froh war sie, dass er noch nicht wach war.

Was Claudia aber am meisten ärgerte, war, dass sie von den Kommissaren nichts mehr hörte. Weder Informationen noch Ermittlungsergebnisse waren ihr mitgeteilt worden, und zum Kommissariat hatte man sie ebenfalls seit Langem nicht mehr bestellt.

Ermitteln die überhaupt noch in dem Fall oder haben sie ihn mangels Beweisen bereits ad acta gelegt?, fragte sie sich.

Allmählich reifte ein Plan in ihr, schließlich stand fest, dass sie ihn in die Tat umsetzen musste. Das war sie ihrem geliebten Vater schuldig.

Als Thomas endlich in der Küche erschien, hatte sich Claudias Stimmung wesentlich gebessert. Sie besprach mit ihm das Tagesprogramm; wer von ihnen wann und wo sein würde und wie und weshalb ans Werk gegangen wurde. Claudia verriet mit keinem Wort, was sie vorhatte.

*

Der Tag zog sich endlos hin. Thomas bemerkte nicht, dass seine Freundin etwas im Schilde führte, sein Eifer, die Burg fertig zu zeichnen, fesselte seine ganze Aufmerksamkeit. Den ganzen Tag beschäftigte er sich mit den Plänen, dass es bereits Abend war, bemerkte er erst, als er das Licht einschalten musste. „Claudia?“, rief er durch die Wohnung. Doch Claudia antwortete nicht.

Sie wird wohl zu ihrer Mutter gegangen sein, spekulierte Thomas und wandte sich wieder seiner Burg zu.

Aber Claudia war nicht zu ihrer Mutter gefahren. Ihr Ziel war die Metternichstraße, wo sie ihren Wagen auf einem Nachbargrundstück der Firma Baco abstellte und sich im Schutz der Dunkelheit der Arbeitgeberfirma ihres Vaters näherte. Vorsichtig lugte sie durch die mächtige Gittertür, welche das ganze Gebäude hermetisch abriegelte. Ihre gut zwei Meter hohen kräftigen Eisenstäbe waren dicht aneinandergereiht und oben und unten an den Rahmen verschweißt. Weil das Gitter keine Querstäbe besaß, war es unmöglich, ohne Hilfsmittel darüberzusteigen. Es ermöglichte aber den freien Blick in den Hof. Der Hof war leer, keine Menschenseele und kein Fahrzeug waren nach Dienstschluss mehr zu sehen.

Und doch: Claudia entdeckte einen Lichtschein im Tiefparterre. Ein Raum war hell erleuchtet. *Wer mag denn zu dieser Zeit noch hier zu tun haben?*, fragte sie sich. *Oder hat nur jemand vergessen, das Licht zu löschen?* Vorsichtig schlich sie an der Pforte vorbei, gelangte an das andere Ende der Einfahrt und bog in den Seitenweg des Grundstücks ab. Die Straßenbeleuchtung reichte nicht mehr bis hierhin. Claudia tastete sich an einer Mauer weiter und kam schließlich zu einem weiteren Tor. *Eigentlich macht dieses Tor keinen Sinn,* dachte sie, *es führt ja keine ordentliche Zufahrt hierher. Oder ist geplant, das Nebengrundstück später ebenfalls zu erwerben und dann einen zweiten Eingang zu bauen?* Alles schien ruhig. Keine Mensch weit und breit. Dieses Seitentor war ebenfalls verschlossen, daneben aber befand sich eine kleine Tür. Vorsichtig, alle Sinne angespannt, drückte Claudia die Klinke. Die Tür bewegte sich beinahe lautlos. Claudia schlüpfte hinein und machte sie hinter sich wieder zu. Sie sah einen Riegel mit einem Schloss auf der Innenseite, jemand hatte anscheinend vergessen, den Riegel vorzuschieben. Dieser Eingang schien also nur wenig benutzt zu werden.

Jetzt stand sie ratlos in fast völliger Dunkelheit da. *Hätte ich doch bloß meine Taschenlampe eingesteckt,* fiel ihr ein. Da sie aber über ein gutes räumliches Vorstellungsvermögen verfügte und ab hier asphaltierten Boden unter den Füßen spürte, wagte sie sich weiter. Sie befand sich zwischen zwei Gebäuden. Schemenhaft zeichneten sich diese dunklen Häuser vor dem düsteren Nachthimmel ab. Nach zwanzig

Schritten stand sie an der Ecke zum Hof. Gedämpftes Maschinengeräusch drang an ihr Ohr. An der Mauer entlang wagte sie sich bis zu dem beleuchteten Fenster, das Geräusch verstärkte sich. Sie zog die Kapuze ihres Pullis über den Kopf, lugte über die Fensterbrüstung und staunte. In helles Licht getaucht liefen alle Maschinen auf Hochtouren. Drei Frauen waren mit Verpacken beschäftigt, zwei Männer prüften konzentriert die technischen Anlagen. *Warum produzieren die am späten Abend?*, fragte sie sich. *Ich wusste zwar nicht, wonach ich hier suchen sollte, aber das da scheint mir sehr verdächtig.* Das beunruhigte Claudia.

Dann sah sie, wie eine der Arbeiterinnen eine weiß lackierte schwere Eisentür öffnete und einige Kartons in einen dahinterstehenden Wagen lud. Claudia konnte nicht erkennen, um welches Fahrzeug es sich handelte, nur die Farbe war eindeutig; es war ein weißes Fahrzeug und der Größe der hinteren Türen nach zu schließen ein Transporter. Das Kennzeichen vermochte sie allerdings nicht zu erkennen. *Dann befindet sich also der Laderaum praktischerweise unmittelbar neben dem Produktionsraum.* Claudia merkte sich den Plan dieses Gebäudes gut. Bei ihrem nächsten Besuch würde sie von der anderen Seite herkommen und das Fahrzeug identifizieren können.

Als die Arbeiterin mit leeren Händen zurück zur Maschine kam, erblickte sie Claudia oben am Fenster und stieß einen spitzen Schrei aus. Mit dem Zeigefinger deutete sie in Richtung Fenster, augenblicklich stierten fünf Augenpaare in dieselbe Richtung. Wie von der Tarantel gestochen spurtete Claudia zurück in die dunkle Zufahrt. Mit einem Satz rannten die beiden Männer hinterher. Sie mussten sich allerdings erst am Transporter vorbeiquetschen und durch den Laderaum laufen. Das verschaffte Claudia zum Glück einen kleinen Vorsprung.

Aber unschlüssig war sie, als sie durch die kleine Tür geschlüpft war und wieder auf dem Seitenweg stand. Sollte sie nach links zu ihrem Auto laufen? Das würde sie verraten. Also lief sie nach rechts in die Dunkelheit. In den Schutz der Dunkelheit, wie sie glaubte. Doch dieser Moment des Zögerns hatte Claudia wertvolle Zeit gekostet, die Schritte der Verfolger hörte sie in ihrer unmittelbaren Nähe. Keine zehn Meter trennten sie mehr von ihnen. Und diese

Männer waren mit Taschenlampen ausgestattet, mit deren Lichtkegel sie die Umgebung absuchten.

Hinter dem Gebäude bog der Weg nach rechts ab, und für einen kleinen Moment war Claudia außer Sichtweite. Plötzlich bellte in nächster Nähe ein der Stimme nach großer Hund, vielleicht eine Dogge oder ein Schäferhund. Er klang äußerst aggressiv und bedrohlich. Das Tier befand sich direkt hinter einer zwei Meter hohen Mauer. *Kann ein Hund so hoch springen?*, fragte sie sich bang.

Der Weg endete vor dieser Mauer. Jetzt war es Claudia sonnenklar, dass sie einen gewaltigen Fehler begangen hatte.

Die Männer hatten mittlerweile die Biegung erreicht und leuchteten die junge Frau mit ihren Taschenlampen an. Claudia wandte ihnen den Rücken zu, sodass diese ihr Gesicht nicht erkennen konnten. Die junge Frau fragte sich, was gefährlicher war: *Ich darf den Kerlen nicht in die Hände fallen*, dachte sie in panischer Angst, *aber zerfleischen lassen will ich mich auch nicht so gerne.*

Die Männer kamen schnell näher, das Hundegebell klang immer wütender. In ihrer Not stieg Claudia auf eine Papiertonne, hangelte sich hoch und schwang sich über die Mauer. Ein Sprung ins Ungewisse ...

13

Missmutig blätterte Pif in den Unterlagen. Nichts hatte er herausgefunden, rein gar nichts. Da war ihm René bereits um eine Nasenlänge voraus. Sollte sich auch noch der Urlauber bei ihm melden, so wäre Renés Vorsprung fast nicht mehr einzuholen. *So kann das nicht weitergehen! Schließlich war der ermordete Chemiker ein Trierer Bürger, und wir Trierer Kommissare hinken in der Aufklärungsarbeit des Giftmordfalles sträflich hinterher!* Pif platzte förmlich, das wollte er nicht auf sich sitzen lassen.

Er las seine Unterlagen noch einmal durch und entschied:

„Tina, den Albers haben wir in seinem Unternehmen aufgesucht, und wir haben ihn allein sprechen können. Die drei anderen haben wir noch nicht einzeln befragt. Lade die vor, die werden wir auf kleiner Flamme grillen, aber schön einen nach dem anderen."

Tina griff zum Hörer, doch Pif fuhr ihr dazwischen mit dem Argument, dass eine solche Vorladung schriftlich an die Betreffenden zu gehen hätte.

„Schriftlich, einverstanden“, meinte Tina. „Ist eine Mail schriftlich?“
„Gute Frage, Tina, ich schätze, wir schreiben eine konventionelle Vorladung, und du drückst sie jedem Betroffenen einzeln in die Hand, dem Martin Becker, dem dicken Johann Kirsch und dem schmächtigen Kai Schilling. Das schindet bestimmt mehr Eindruck als eine einfache Mail.“
„Da hast du vermutlich recht. Wir müssen die von ihrem hohen Ross herunterkriegen. Morgen früh sprechen wir den Becker, morgen Nachmittag den Kirsch und übermorgen den Schilling.“

Und Tina machte sich an die Arbeit. Kaum hatte sie den ersten Namen in den Vordruck eingefügt, als das Telefon klingelte. Hastig hob sie ab.
„Chéri, du? Hallöchen! Gibt es gute Nachrichten?“ Sie drückte auf die Lautsprechertaste.
René räusperte sich.
„Der Nachbar ist endlich aus dem Urlaub zurück.“
„Und? Nun lass dich nicht so bitten!“
„Ja und gar nichts“, antwortete René missmutig. „Der Mann hätte einen prima Zeugen abgeben können. Hätte, wie gesagt. Aber alles, was er gesehen hat, war, dass das Tor des Chemielagers offen stand und dass hinter dem Gebäude ein Lieferwagen ge-

standen habe mit eingeschaltetem Licht. Leider hat der Nachbar kein Kennzeichen gesehen und kann darüber hinaus auch das Fabrikat nicht einmal mit Namen nennen, vom Wagen war nur das letzte Drittel zu sehen."

„Welche Farbe hatte denn dieser Lkw?"

„Weiß, meint er, aber ob es ein Lkw war, ist nicht gewiss; es gibt jede Menge weiße Transporter, die sich als Lieferwagen sehr gut eigenen."

„Und auf der Autobahn rasen wie die Bekloppten!"

„Das leider auch, liebe Tina, aber das ist ein ganz anderes Thema."

Pif schmunzelte, Tina konnte sich ihre Zwischenbemerkungen immer noch nicht verkneifen.

„Aber mal im Ernst, mein Lieber", hakte sie nach, „mehr hat dein Nachbar nicht ausgesagt?"

„Doch! Licht brannte, aber das ist ja normal, wenn geputzt wird."

„So, jetzt will ich wissen, um wie viel Uhr das Licht brannte und um wie viel Uhr die Putzfrauen normalerweise mit ihrer Arbeit beginnen."

„Tina, nun lass das mal meine Arbeit sein! Aber, recht hast du, das schaue ich gleich einmal nach, Moment."

Nach kurzer Unterbrechung meldete René sich wieder.

„Also, die Putzfrauen arbeiteten von fünf bis halb acht in der Frühe. Der Transporter muss auch so gegen fünf angekommen sein. Wenn ich sage *gegen* muss das nicht exakt sein, denn die Leute wurden wach und drehten sich schläfrig im Bett wieder um ..."

„ Und ob deren Wecker die genaue Zeit zeigte, ist auch noch die Frage", platzte Tina dazwischen.

„Wir wissen auch nicht, ob die Frauen pünktlich waren. Die können doch behaupten, was sie wollen."

Tina stutzte.

„Haben die denn keine Stechuhr in dem Betrieb?"

„Nein, Chérie, haben die nicht."

„Mist!"

„Allerdings. Wir können nur davon ausgehen, dass die drei Frauen und das Fahrzeug in unmittelbarer Folge eingetroffen sind. Ich stelle mir vor, die Kerle haben die Frauen gesehen und sind dann erst in das Lager eingedrungen."

„Und dann mussten sie die eine umbringen."

Endlich meldete Pif sich zu Wort.

„Anders kann es nicht gewesen sein, denn: Hätten die Frauen fremde Männer im Lager gesehen, wären

sie, glaube ich wenigstens, nicht hineingegangen. So blauäugig sind die nicht."
„Pif, da liegst du richtig", stimmte René ihm zu, „auf mich haben die beiden Cousinen auf jeden Fall einen eher scheuen Eindruck gemacht."
„Na bitte, sag ich doch!", entgegnete Pif.

„Und was hilft uns das jetzt weiter?", fragte Tina, als das Gespräch beendet war. Petry zuckte die Schultern. „Keine Ahnung."

Zwei Stunden später war Tina von ihrer Mission zurückgekehrt. Sie strahlte und berichtete überschwänglich.
„Also, der Becker hat die Vorladung etwas überrascht und leicht verunsichert angenommen. Der Kirsch war überheblich, was ich ja schon gar nicht ausstehen kann, und der Schilling, ja, der war echt erschrocken."
„Gut beobachtet! Das müssen wir uns merken!", lobte Pif seine Kommissarin.

Sie setzte eine schelmische Miene auf, sodass Pif gleich stutzig wurde.
„Und? Noch was?"

Tina zierte sich; stattdessen nahm sie in aller Seelenruhe den Lippenstift und einen kleinen Pinsel aus ihrer Handtasche und korrigierte die Konturen ihres Mundes, puderte sich das Näschen und drapierte eine Locke in die Stirn, alles nur, um Pif auf die Folter zu spannen.
„Nun sag schon, was war los?!“
„Gar nichts war los. Aber ich habe etwas *gesehen*“, flötete sie, „etwas Wichtiges.“
„Du kannst einen aber auf die Folter spannen, du! Nun rede schon!“
Tina zwirbelte an ihrer Stirnlocke herum und schaute Pif triumphierend an.
„Einen weißen Transporter!“

Pif war aufgesprungen. „Einen weißen Transporter sagst du? Darüber haben wir doch eben mit René gesprochen.“
„Ich weiß das, ja, doch davon gibt es viele, das haben wir ja bereits festgestellt. Aber von diesem Vehikel hier habe ich das Kennzeichen gesehen: TR-BA 11. Es handelt sich um einen Ford Transit.“

14

Rosi Mohr schaute in den Spiegel. Nein, ihr morgendliches Aussehen konnte ihr einfach nicht gefallen. Aber so schnell war kein Termin bei einer Kosmetikerin zu bekommen. Höchstens bei einem Frisör, der nicht ganz ausgebucht war. Eine volle Stunde pflegte sie ihr Gesicht, legte dann ein sorgfältiges Make-up auf und vertraute ihr Haar einem Fachmann an. Ein neues Kostüm in Königsblau mitsamt passender Seidenbluse mit einem floralen Muster rundeten das Bild harmonisch ab. Um die Mittagszeit sah Rosi Mohr um zehn Jahre verjüngt aus.

Auf ihrem Weg zum verabredeten Treffpunkt blickte sie mehr als einmal verstohlen in ein Schaufenster. Nicht der ausgestellten Ware wegen, sondern um sich selbst mit einem letzten kritischen Blick zu überprüfen. Gut sah sie aus. Das gab ihr, nach langer Zeit, wieder eine ordentliche Portion Selbstsicherheit. Die letzten Jahre hatte sie sich, wenn auch nicht verkommen lassen, so doch aber etwas vernachlässigt. Da waren die Probleme mit dem vielen Alkohol, die letzten abzutragenden Schulden sowie das Studium der Tochter im Ausland, welches anstand. Gerne wäre diese nach Mailand gezogen oder Paris oder New York, egal, nur eine Modehochburg sollte es sein, aber diese Kosten hätte die Familie nur schwer aufbringen können. Modedesign gab es schließlich auch in Trier, später konnte man immer noch über einen Auslandsaufenthalt reden.

Rosi bedauerte, dass nicht noch mehr Schaufenster ihren Weg säumten. Als sie um die Ecke bog, stand er da. Elegant und schlank wie immer. Und die wenigen silbrigen Haare an den Schläfen ließen ihn sexy und noch unwiderstehlicher aussehen als vor beinahe 25 Jahren. Als er sie sah, flackerte ein Leuchten in seinen Augen auf, ein Leuchten, das Rosi immer aufgefallen war. Nie hatte sie in Männeraugen geschaut, die so ausdrucksstark Emotionen widerspiegelten.

Galant hauchte er einen Handkuss als Begrüßung, gefolgt von einem „Umwerfend siehst du aus!“
Rosi spürte sogleich eine leichte Röte in ihre Wangen steigen und stammelte leicht verlegen wie ein junges Mädchen beim ersten Rendezvous:
„Du hast dich aber auch nicht verändert, mein Lieber!“

Eine wiedergefundene große Liebe?, fragte sie sich.

Sie spazierten die Sim hinunter, zuerst nebeneinander, dann, nach gut hundert Metern, bereits Arm in Arm.

Allerdings war in der Brasserie kein Tisch mehr frei, sodass sie sich entschlossen, mit Blick auf die Porta Nigra zu Mittag zu essen. Rosi und Jacques. Vor langer Zeit ein Liebespaar ...

Jacques, der nie eine Familie gegründet hatte, war viel in der Welt herumgekommen. Sein Beruf als freier Wirtschaftsjournalist verlangte von ihm nicht nur Neugierde und Flexibilität, sondern auch ein ausgeprägtes Gespür dafür, was die Leute gerne lasen.

Das Gespräch kam natürlich zuallererst auf den tragischen Tod von Rosis Ehemann, wovon Jacques, wie er beteuerte, auf Umwegen durch Kollegen erfahren hatte.
„Es tut mir sehr leid für dich, wirklich." Er nahm ihre Hand und streichelte sie.
„Danke, Jacques", flüsterte sie mit einem plötzlichen Kloß im Hals. „Es war entsetzlich. Aber, lassen wir

das Thema heute, irgendwann kann ich vielleicht mit dir darüber reden. Nicht jetzt, bitte. Erzähle mir von dir, von deiner Arbeit. Was machst du? *Das* würde mich interessieren."

„Als Journalist arbeite ich am liebsten investigativ, das heißt, ich versuche bei Skandalen oder Betrugsgeschichten eine Begründung oder eine Motivation aufzudecken. Der Leser möchte wissen, was dahintersteckt."

„Dann bist du so etwas wie ein Detektiv?"

„Im wirtschaftlichen Bereich vielleicht, aber das ist halt der Job eines guten Journalisten."

Rosi war neugierig geworden und fragte weiter.

„In welchem Fall bist du denn jetzt investigativ tätig? Hier in Trier, in der Provinz, da ist doch alles ruhig und friedlich."

Jacques dachte an den ungeklärten Tod von Rosis Ehemann, wollte aber nicht auf dieses Thema zurückkommen, sondern erzählte über eine merkwürdige Geschichte, die sich gestern in Prag zugetragen hatte.

„Nun stell dir einmal vor", meinte er, „da sind in ein und derselben Nacht drei Apotheker durch Unfälle gestorben. Einer an einem beschrankten Bahnübergang, den hat ein Zug erwischt. Der zweite hat sich auf nasser Straße mit dem Auto um einen Baum gewickelt, der dritte ist aus dem Fenster gestürzt, der war stockbesoffen und musste sich wohl übergeben."

„Noch ein Prager Fenstersturz?", scherzte sie.

„Ja, eben, bereits der dritte in der Geschichte der Stadt. Dort scheinen sie diese Tradition zu pflegen!

„Das ist ja furchtbar!" Rosi war nun erschrocken. „In der Zeitung stand so etwas, aber nur, dass durch Zufall drei Apotheker in Prag in derselben Nacht gestorben sind. Von Unfällen berichteten sie nichts."

„Übermorgen fliege ich hin, früher konnte ich keine Maschine buchen. Das ist natürlich eine unglaubliche Geschichte, das wird meine Leser sicherlich interessieren. Diese Sache verspricht interessant zu werden."

So schlimm auch die Nachrichten waren, Rosi bedauerte sehr, dass Jacques nur für zwei kurze Tage in Trier weilte. Das musste ihrem Gesichtsausdruck abzulesen gewesen sein, denn er meinte daraufhin:

„Morgen können wir noch etwas unternehmen, und in einer Woche bin ich schon wieder zurück. Hoffe ich mal. Ich rechne damit, bis dahin so einiges aufs Papier gebracht zu haben."

Zwar rang Rosi mit sich selbst, wollte eigentlich schweigen, aber es entfuhr ihr doch:
„Sehen wir uns dann morgen wieder?"
Jacques, für den dieses Wiedersehen höchst erfreulich zu sein schien, nickte leicht. Seine Augen flackerten. „Zum Mittagessen?"
Rosi himmelte ihn an.

15

Nein, Claudia war nicht in die Fänge des Hundes geraten, der Hund war in seinem Zwinger eingesperrt und für sie nicht weiter gefährlich. Allerdings konnte sein rasendes Gebell und das aller solidarischen Nachbarhunde schnell ihre Verfolger auf die richtige Fährte locken; davor hatte sie eine Heidenangst.

Viel schlimmer jedoch war, dass sie sich bei ihrem unfreiwilligen Sprung den linken Knöchel verletzt hatte. Ob verstaucht oder gebrochen, wusste sie nicht zu sagen. Sie versuchte aufzustehen, was ihr höllische Schmerzen bereitete, aber auf dem Fuß zu stehen, bewerkstelligte sie noch ebenso. Also humpelte sie so rasch wie möglich aus der Gefahrenzone heraus, bog zweimal nach links ab und erreichte ihren Wagen ohne Zwischenfall. Sie startete den Wagen, legte den Gang ein und fuhr in die Dunkelheit. Sicherheitshalber schaltete sie das Licht erst an, nachdem sie dreimal abgebogen war. Das Kupplungspedal wagte sie nicht mehr anzurühren.

Unterwegs erinnerte sie sich an ihre Jugend; eigentlich hatte sie stets Angst vor Verletzungen gehabt.

Von ihren Spielkameraden war sie immer als wehleidiges Lieschen beschimpft worden, was in ihren Augen nicht stimmte. Konnten die anderen eigentlich wissen, wie stark ihre Schmerzen in Wirklichkeit waren? Hautabschürfungen taten nun einmal weh, da musste man kein Schwächling oder verweichlicht sein, um heulen zu dürfen. Und Mamas Trost hatte sich ja so gut angefühlt! Davon durfte man ruhig eine Zeitlang profitieren.

Mit zunehmender Reife allerdings hatte Claudia dieses Verhalten abgelegt. Mamas Trost erschien ihr nun doch etwas kindisch.

Daheim angekommen nahm sie einen Eiswürfelbeutel aus dem Tiefkühler heraus, füllte die Würfel in ein Tuch und wickelte alles um den Knöchel. Irgendwie schwankte sie, ob die Eiseskälte nun eine Linderung der Schmerzen hervorrief oder ob sie sich damit nicht einen Gefrierbrand zuziehen könnte.

Thomas schlief bereits fest. Claudia begrüßte sein Schnarchen mit großer Zufriedenheit, befreite es sie doch davon, irgendwelche Erklärungen abgeben zu müssen. Sie machte sich im Badezimmer fertig, wickelte ein Badetuch um den Fuß und schlüpfte behutsam unter die Decke. Vor dem Einschlafen legte sie sich noch eine Taktik zurecht, wie sie Thomas beichten würde, was geschehen war, jedoch vielleicht auch nur die halbe Wahrheit. Und vielleicht auch die nicht einmal ganz.

Als sie am anderen Tag erwachte, hatte Thomas bereits die Wohnung verlassen. Sie fand einen Zettel auf dem Küchentisch, den sie halblaut las.
„Leider musste ich früh raus, wollte dich nicht wecken. Ich liebe dich, bis nachher."

Das natürlich gab ihr noch etwas Zeit. Zeit um den Knöchel zu pflegen, Zeit, die Taktik neu zu überdenken. Vorsichtig bewegte sie ihren Fuß. *Gar nicht so übel,* dachte Claudia zufrieden, *nach den höllischen Schmerzen von gestern Abend*. Sie bereitete sich eine neue Kompresse vor. Das durchnässte Badetuch warf sie kurzerhand in den Trockner.
Sie wickelte eine elastische Binde um den Knöchel, zog ihren Strumpf darüber und begab sich in die Stadt. Pflichtbewusst schaute die Tochter erst bei ihrer Mutter vorbei. Zu ihrer großen Verwunderung stand diese, topgepflegt und todschick gekleidet, an der Wohnungstür. *Mama, was hast du denn vor?!,* schoss es ihr durch den Kopf. *Hat das mit dem Brief zu*

tun? Claudia zeigte nichts von ihrer Verwirrung, sondern begrüßte ihre Mutter überschwänglich.
„Toll siehst du aus, das gefällt mir!"
Rosi war verlegen, verständlicherweise, wollte sie doch auf jeden Fall das Wiedersehen mit Jacques vor ihrer Tochter geheim halten. Schnell griff sie zu einer Notlüge.
„Weißt du Claudia, ich fange langsam an, mich wieder besser zu fühlen, da habe ich gedacht, ich sollte diesem Gefühl noch ein klein wenig nachhelfen."
„Das gefällt mir, Mama, endlich kommst du wieder auf die Beine. Sollen wir zusammen etwas unternehmen? Essen gehen oder Shopping?"
„Schön wäre das, mein Schatz", log Rosi geistesgegenwärtig, „aber ich habe gleich einen Zahnarzttermin, das müssen wir auf morgen verschieben."

Du verheimlichst mir etwas, dachte die Tochter, *aber das tue ich ja auch*. Über ihren Knöchel wollte sie kein Wort verlieren, sondern verabschiedete sich herzlich von ihrer Mutter und wünschte ihr alles Gute für den Termin.

Weit allerdings entfernte sie sich nicht von der mütterlichen Wohnung, sondern setzte sich auf eine Bank im Grünstreifen und wartete ab. Nach wenigen

Minuten erschien Rosi an der Haustür und ging zügigen Schrittes in die Stadt. Claudia folgte ihr in gebührendem Abstand. Am Hauptmarkt beobachtete sie, wie ihre Mutter einen unbekannten Mann zur Begrüßung küsste und sich bei ihm unterhakte. *Wer ist denn der? Was hat sie vor, warum diese Heimlichtuerei? Angst vor dem Zahnarzt hat Mama jedenfalls nicht!*

Claudia war verwirrter, als sie es sich eingestehen wollte. Sie nahm ihr Handy aus der Tasche und versuchte, ein Bild von den beiden aufzunehmen, ein Bild, das *ihn* besonders deutlich zeigen würde.

16

Die Kommissare nutzten die offensichtliche Verunsicherung des leitenden Angestellten Martin Becker gleich am Anfang des Verhöres aus. Sie hielten sich nicht mit dem üblichen Geplänkel auf, sondern ließen ihn gleich den Ernst der Lage spüren und gingen in medias res.

„Wie standen Sie zu Ihrem Kollegen Peter Mohr?"

Becker rutschte unschlüssig auf seinem Sitz hin und her, ehe er seine Antwort formulierte.

„Ich … äh … na ja, wenn ich Ihnen jetzt sagen würde, dass er nicht mein Fall war, dann drehen Sie mir gleich einen Strick daraus. Also sage ich lieber, dass ich zu dem Verstorbenen ein neutrales Verhältnis hatte."

„Was meinen Sie damit, er sei nicht Ihr Fall?"

„Es war für mich lästig, ständig einen Betrunkenen in meiner Nähe zu haben. Ich rühre Alkoholisches nur selten an."

„Der Mohr war doch nicht ständig betrunken!", konterte Pif.

„Nicht ständig, einverstanden, aber doch sehr häufig, und wir mussten oft seine vermurksten Arbeiten korrigieren."

„Wer ist *wir*?"

„Der Kirsch und ich. Den Schilling haben wir beide außen vorgelassen."
„Warum das denn?" Pifs Neugierde war nicht gespielt.
„Der war noch nicht lange genug in der Firma, den konnten wir beide noch nicht so richtig einschätzen. Der schleimt sich beim Chef zu sehr ein, das ist uns verdächtig."
„Und Sie arbeiten dafür lieber mit dem Johann Kirsch zusammen", folgerte Tina.
„Johann und ich sind Studienkollegen, wir haben viele Projekte gemeinsam erarbeitet, so etwas schweißt zusammen."

Wenn ich mir das so richtig überlege, sinnierte Tina, *ergäben Kirsch und Becker auch ein gutes Team zur Lösung von noch ganz anderen Problemen. Die Putzfrau wurde von zwei Männern ermordet. Und die zwei hier würden sich gegenseitig nie verpfeifen.*
„Entschuldigen Sie mich bitte einen Augenblick", sagte sie und verschwand. Pif schaute ihr aufmerksam nach. *Was führt sie wohl im Schilde?*

Kurzentschlossen steuerte Tina die Damentoiletten an. Dort wählte sie die Handynummer von René.

„Chéri, ich müsste wissen, an welchem Tag deine Putzfrau in Grevenmacher ermordet wurde.“
„Wie, hast du da vielleicht einen Verdächtigen?“
„Nur so ein Gefühl, aber ich will Gewissheit.“
„Moment.“ Tina hörte ihn in Unterlagen blättern. „Hier. Das war an einem Montag, am 28. April.“
„Danke Chéri, vielleicht kommen wir damit weiter, ich halte dich auf dem Laufenden. Bis nachher!“

Verwundert musterte Pif Tina, als sie wieder im Büro erschien und einen zufriedenen Zug um den Mund nicht verbergen konnte. *Hoffentlich merkt der Becker das nicht,* dachte er bei sich.
„Haben Sie Ihren Kalender dabei?“, fragte sie.
Becker zückte sein Handy. „Was möchten Sie wissen, Frau Kommissarin?“
„Herr Becker, ich möchte wissen, wo Sie am Montag, den 28. April waren. Am frühen Montagmorgen.“
Becker tippte auf das Display. „Da war ich von Freitag bis Dienstag mit meiner Frau in Lugano.“
„Können Sie das beweisen?“
„Natürlich kann ich das, ich trage zwar die Unterlagen nicht bei mir, kann sie Ihnen aber gerne mailen. Die Hotelrechnung zum Beispiel, wenn Ihnen das genügt.“

„Haben Sie den Namen des Hotels vielleicht für uns?"
„Hotel Alpina. Aber warum wollen Sie das wissen?"

Tina suchte die Telefonnummer des Hotels im Internet und griff zum Hörer. Sie drückte die Lautsprechertaste. „Ja, die Herrschaften Martin und Dorothea Becker weilten für die angegebene Zeit im Alpina", bestätigte ihr der Empfangschef. „Sie haben sogar am Sonntagabend ein Fest im Hotel gefeiert."

„Herr Becker, das Datum hat mit dem Tod des Herrn Mohr zu tun, mehr kann ich Ihnen nicht sagen. Aber Sie können jetzt gehen, wir haben keine Fragen mehr an Sie."

Pif war platt.

Die Befragung von Johann Kirsch brachte den Kommissaren ebenfalls keine neuen Anhaltspunkte. Zur Tatzeit in Grevenmacher befand er sich bei seiner kranken Mutter, die er, mit Verdacht auf Hirnschlag, im Notarztwagen ins Brüderkrankenhaus begleitet hatte. Die Stationsschwester bestätigte, dass Kirsch sich die ganze Zeit im Krankenhaus aufgehalten habe. Kirsch hatte bei der Befragung sogar sein überhebliches Gehabe abgelegt, somit klang er natürlich wesentlich glaubwürdiger. Die Kommissare mussten einsehen, dass eine einfache Lösung des Problems nicht zu finden war.

Im Gegensatz zu Becker und Kirsch erwies sich Schilling als ein gänzlich anderes Kaliber; geschmeidig, anpassungsfähig und schlagfertig, dazu noch äußerst redegewandt. Allerdings trauten die Kommissare dem überaus schmächtigen Schilling nicht zu, die von Statur kräftige und gesunde Putzfrau ohne Hilfe erdrosselt zu haben. Also fragten sie zuerst nach seinen Interessen und seinem Freundeskreis.

„Freunde habe ich nur sehr wenige", erläuterte er ihnen, „einen Arzt, einen alten Historiker und einen Hotelier in Südfrankreich."

Auf die Frage nach seiner Familie gab er bereitwillig Auskunft.

„Wir haben vor zwei Wochen unser zweites Kind bekommen, das war am frühen Morgen des 28. Aprils, Sie können sich vorstellen, wie im Augenblick unser Leben aussieht. Keine Nachtruhe, weder für meine Frau noch für mich, weder entspannendes Wochenende noch ..."

„Aber zu einem anderen Thema“, unterbrach Pif den Redefluss. „Wie stehen Sie zu Ihrem Chef?“
„Ich habe eine gute Arbeitsstelle, wenn es das ist, was Sie meinen.“
„Nein, das ist nicht alles, was wir Sie fragen möchten. Wie ist Ihr Verhältnis zu Ihren Kollegen, dem Becker, dem Kirsch und wie standen Sie zu dem ermordeten Peter Mohr?“ Pifs Ton war schneidend.
„Herr Hauptkommissar, der Peter Mohr wollte mich als seinen Nachfolger ausbilden. Dem stimmte ich nur zur Hälfte zu. Der Mohr, der Suffkopp, war ein guter Kerl, mit dem bin ich auch immer gut klar gekommen, da können Sie meine Kollegen fragen. Aber ich wollte in der Firma Baco meinen eigenen Weg gehen. Becker und Kirsch waren alteingesessene leitende Angestellte, in diese Position hätte ich so schnell nicht aufsteigen können. Also versuchte ich, mich beim Chef beliebt zu machen. Das aber schien bei den anderen nicht besonders gut angekommen zu sein.“
„Und da haben Sie versucht, den einen oder den anderen auszuschalten“, warf Pif in das Gespräch ein.
„Um Gottes willen, nein, Herr Hauptkommissar, wo denken Sie hin …!“

„Immerhin haben wir den Tod eines Kollegen von Ihnen zu beklagen, und unser Job ist es, diesen Täter zu finden."
„Mir tut der Tod von dem Peter Mohr doch auch sehr leid, das müssen Sie mir glauben, aber damit habe ich nichts zu tun!"
„Mag sein", konterte Tina, „aber dann helfen Sie uns bei folgender Frage: „Wer könnte die Möglichkeit gehabt haben, den Whisky gegen das Gift auszutauschen?"
„Niemand von der Firma, glaube ich. Eine Reinigungskraft vielleicht?"
„Die müsste aber ein Motiv haben."
„Da bin ich überfragt", entgegnete Schilling.
„Und", forschte Tina weiter, „wer könnte denn von außen noch infrage kommen?"
„Da gab es schon noch Besucher, die mit uns Kontakt aufnehmen wollten."
„Besucher, aha, aber die bringen doch niemand um, oder?", gab Pif zu bedenken.
„Und wenn die nicht bekommen, was sie wollen? Dann auch nicht?" Schillings Augen glühten listig.
„Wer bekam denn nicht, was er wollte?"
„Gut gefragt, Frau Kommissarin, ich weiß genau, dass Mohr jemand abgewiesen hat, der unbedingt mit der Firma Baco ins Geschäft kommen wollte."

„Und wer war das?“, hakte Pif nach.
„Weiß ich nicht, eine Dame und ein Herr. Der Chef war nicht da und weder Becker noch Kirsch waren da. Und Mohr hat diese Leute kaltblütig abgewiesen. Details habe überhaupt keine mitbekommen, nur am Rande eine unhöfliche Diskussion. Und die auch nur auf dem Flur; ich war in die Sache nicht involviert.“
„Können Sie uns eine Beschreibung der beiden liefern?“ „Oh je, das sind bereits Wochen her, und ich habe sie nur flüchtig gesehen. Ich erinnere mich aber, dass die Frau größer war als der Herr, so etwas fällt einem auf. Sie waren vielleicht um die vierzig, gut gekleidet, sie sprach nicht, er Deutsch, glaube ich. Aber sicher bin ich mir nicht.“
„Herr Schilling, nun ziehen Sie nicht die großen Unbekannten aus dem Ärmel! Nicht mit uns!“
„Aber Herr Kommissar, nein, nichts liegt mir ferner, die Leute waren wirklich da! Aber, das Datum habe ich nicht mehr im Kopf, es muss so gegen Ende April gewesen sein, so zwischen Mitte und Ende April. Genauer kann ich es Ihnen nicht sagen, denn ich maß dem Besuch keine Relevanz zu.“
„Dann müsste ein Eintrag beim Pförtner zu finden sein“, gab Tina zu bedenken, „dem werden wir nachgehen.“

Pif und Tina witterten die richtige Spur. Sie entließen Schilling in der Absicht, dieser Spur eine hohe Priorität einzuräumen.
„Albers' Sekretärin Stephanie Schäfer und Leiterin des Personalbüros wollte ich auch noch checken, aber ich glaube das hat noch Zeit", wollte Tina sich verabschieden.

„Jetzt machen wir Folgendes", erklärte ihr Pif, als sie wieder allein waren. „Die Finanzabteilung soll jede Kontobewegung eines jeden Angestellten überprüfen. Ich will wissen, ob da Gelder fließen oder geflossen sind, die nicht koscher sind."
„Die werden sich über diese riesige Arbeit sehr freuen", schäkerte Tina, „denen werde ich gerne die Namen und Adressen mitteilen. Vielleicht bringt uns das weiter."

Unverzüglich fuhr sie zur Firma Baco, um den Pförtner zu sprechen. In den Aufzeichnungen befand sich allerdings kein Eintrag über diesen ominösen Besuch.
„Hübsche Uhr, die Sie da anhaben", lobte Tina den Pförtner.
„Ach, Frau Kommissarin, die sieht zwar schick aus, ist leider nur ..." Er stockte, denn ihm wurde plötz-

lich klar, dass man sich strafbar machte, wenn man eine gefälschte Uhr erwarb. Und vor ihm stand immerhin eine Kommissarin. „Sie ist nur ein Werbegag.“

„Dann bin ich mal beruhigt.“ Manchmal konnte Tina großzügig sein, besonders, wenn sie jemanden nicht unnötig verschrecken wollte.

Dass kein Besucher die Chefetage aufgesucht hatte, ergab natürlich eine völlig andere Sachlage. Also entschloss Tina sich, unverzüglich Albers‘ Sekretärin, Stefanie Schäfer, aufzusuchen und anschließend die Leiterin des Personalbüros, Kathrin Herzel.

Stefanie Schäfer erinnerte sich nicht an einen derartigen Besuch. Kathrin Herzel war als Personalchefin ohnehin nicht zuständig für die Anliegen fremder Besucher. Zum Schluss sah Tina sich mit ihren Ermittlungen in einer Sackgasse.

17

Zuhause setzte Claudia sich zuerst an ihren PC und lud die Fotos in ihre Mediathek herunter. Nach näherer Betrachtung wählte sie eines der Bilder aus, auf dem der unbekannte Mann am deutlichsten zu erkennen war. Dieses Bild vergrößerte sie, speicherte es, und druckte es schließlich aus. Das Papier faltete sie und steckte es in eine Reißverschlusstasche ihres Rucksacks. Weshalb war ihr selbst nicht klar, Thomas wollte sie von ihrer Spionage nichts erzählen, wenigstens vorerst nicht; der Mutter gegenüber durfte sie es nicht.

Ohnedies kam Thomas mit überschwänglichem Mitteilungsbedürfnis nach Hause und platzte sofort mit seiner Neuigkeit heraus.
„Claudia, ich habe etwas *gefunden*!"
„Einen Hunderter? Den müsstest du dem Fundbüro bringen. Wir wollen doch ehrlich sein." *Passt meine Aussage eigentlich zu meiner neuen geheimdienstlichen Aktivität?*, dachte sie insgeheim.
„Nein, Quatsch mit Soße, meine Burg, die in Langsur auf der Höhe, der kann ich einen Namen verleihen. Einen historischen natürlich."

„Da bin ich aber mal gespannt“, antwortete Claudia. „Einen Steinhaufen willst du Student also einer historischen Figur zuordnen?“
„Immerhin bin ich im achten Semester und kein Anfänger mehr! Diese Burg, und davon bin ich felsenfest überzeugt, gehörte einem gewissen Siegfried. Der stammte aus einem moselländischen Grafengeschlecht und hatte die Lützelburg erworben, oder vielmehr das, was von Karl Martells ehemaliger Burg noch übrig war.“
„Welche Burg?“

Thomas holte eine Flasche Wasser und zwei Gläser. „Komm setz dich zu mir! So.“ Er schenkte die Gläser ein und fuhr fort.
„Also, dieser Graf Siegfried erschien erstmals auf der Bühne der Geschichte durch einen Grundstückstausch. Er tauschte seine Ländereien, die er in Feulen, im heutigen Norden des Luxemburger Landes, besaß, gegen den oberhalb der Alzette gelegenen Bockfelsen ein. Und von diesem Tausch existiert eine Urkunde.“
„Ja, und was hat das mit unserer Burg zu tun?“ Claudia fand Thomas historischen Exkurs wenig aussagekräftig.

„Eine ganze Menge. Der Tauschpartner war nämlich kein geringerer als die Reichsabtei Sankt Maximin in Trier. Und dort war unser lieber Graf als Vogt tätig."

„Was macht eigentlich so ein Vogt? Gehört habe ich den Ausdruck schon, aber genau weiß ich nicht, was er bedeutet."

„Ein Vogt war auch so was wie ein Verwalter. Der Abt und die Mönche hatten seinerzeit genug zu tun, sich den religiösen Fragen und Problemen zu widmen, ein Vogt nahm ihnen das Regeln der ökonomischen und finanziellen Probleme der Abtei ab. Hinzu kommt, dass Sankt Maximin eine Reichsabtei war, das heißt, dass der Vogt direkt und ausschließlich dem Kaiser Rechenschaft schuldig war und nicht einem Zwischenmann wie einem Erzbischof zum Beispiel. So hatte Graf Siegfried viel mit dem Kaiser zu tun, und das war Otto der Erste!"

„Deine Münze!", erinnerte Claudia sich an seinen Fund.

„Genau. Diese Münze führte mich auf die richtige Spur."

„Ja, aber wenn er die Burg in Luxemburg besaß, warum dann noch eine an der Sauer?"

„Die Saarburg gehörte ihm ebenfalls, aber Burgen sammeln war früher bei den Adligen so eine Art Machtdemonstration. Oder Geltungsdrang. Aber in diesem Fall sehe ich das anders: Unser guter Siegfried war nicht nur Vogt in Sankt Maximin, sondern er war darüber hinaus auch Vogt der Abtei Echternach. Und nun überlege einmal: Wenn er von Trier nach Echternach geritten ist, hat er bestimmt nicht den Weg über die Höhe genommen, sondern dürfte eher die Mosel aufwärts bis zur Sauer und dann die Sauer hoch bis nach Echternach gereist sein."

„Das ist das Erste, was logisch klingt", lobte Claudia Thomas.

„Und Langsur, oder genauer noch Wasserbilligerbrück, liegt da auf etwa halber Strecke. Und bis zum Bockfelsen und seiner Lützelburg war es auch nicht mehr so weit."

Claudia überlegte einen Moment. Von einem Grafen Siegfried hatte sie noch nie etwas gehört, aber da ihre Geschichtskenntnisse sich ohnehin in Grenzen hielten war das auch nicht weiter überraschend. Trotzdem interessierte sie diese historische Figur.

„Und du meinst, jetzt eine Entdeckung gemacht zu haben?", fragte sie.

„Nein, eine Entdeckung vielleicht nicht gerade. Aber einen Anstoß, diese Figur einmal näher zu untersuchen. Sein Geburtsdatum ist schon einmal unbekannt, und daher weiß auch niemand, wer sein Vater war."

„Liebling", protestierte sie, „bitte verschone mich mit diesen Details, mir reicht es, wenn ich meine Altvorderen dem Namen nach kenne."

„Also in diesem Fall kann ich das nicht verstehen. Ich reiß mir den Arsch auf, um etwas über die Burg herauszufinden, die die Jugend deiner Eltern geprägt hat, und du, du zeigst kein Interesse daran?"

„Na ja, wenn du meinst; dann mache ich eben eine Anstrengung."

„Das meine ich aber auch! Hör mal, heute Abend treffe ich mich mit Jean, einem Luxemburger Kommilitonen. Der hat mich eingeladen, zu ihm nach Feulen zu kommen. Er ist im Besitz von einer Menge an Unterlagen über unseren Siegfried."

„Du hast dir doch alles, was über Siegfried bekannt ist, aus dem Internet heruntergeladen. Was kann dieser Jean noch mehr wissen?", versuchte Claudia Thomas zu überzeugen.

„Ach Claudia, eine ganze Menge weiß der mehr. Über Siegfrieds Abstammung, über seine elf oder wie viele Kinder, besonders aber besitzt er Unterlagen, die Zweifel aufkommen lassen an der Rechtmäßigkeit des Datums, an dem diese Tauschurkunde unterzeichnet worden sein soll."

„Eine Fälschung?", fragte Claudia.
„Das nicht gerade, aber ein falsches Datum, auf das sich die Partner geeinigt haben könnten, kann sehr wohl im Nachhinein unter den Vertrag geschrieben worden sein. Im Mittelalter war so etwas keinesfalls eine Seltenheit."
„Und das Rätsel wollt ihr heute Abend in Feulen lösen? Na, dann viel Spaß!" Ihr Ton klang neckisch, ein ironischer Zug umspielte ihre Mundwinkel.

Natürlich ärgerte Thomas ihre Haltung, hatte er sich doch von ihr ein Lob erwartet, wenigstens aber ein kleines bisschen Interesse. Und jetzt musste er ihr auch noch mitteilen, dass er und Jean die ganze Nacht daran arbeiten würden und er erst am nächsten Tag wieder zurück sein könnte. Zu seiner großen Überraschung aber nahm Claudia diese Nachricht sehr gelassen auf.
„Dann werde ich Mama besuchen und den Abend mit ihr verbringen. Ich habe bereits ein schlechtes Gewissen, weil ich mich in den letzten Tagen zu wenig um sie gekümmert habe."
„Mach das, Claudia, gute Idee." Irgendwie fühlte Thomas sich erleichtert mit dieser pragmatischen Lösung. Er packte seine Bücher und Zeichnungen ein, küsste seine Freundin zum Abschied und mach-

te sich auf den Weg nach Feulen. Claudia schloss leise die Tür hinter ihm. Die Turmuhr der Sankt Valeriuskirche schlug neunmal.

Claudia beabsichtigte wirklich, ihre Mutter zu besuchen und sie nach jenem ominösen Zahnarztbesuch zu fragen, der auf dem Hauptmarkt und nicht in einer Praxis stattgefunden hatte, doch einer plötzlichen Eingebung gehorchend lenkte sie ihren Wagen zuerst in die Metternichstraße. Langsam fuhr Claudia an der Pharmafirma vorbei und prägte sich genau ein, was dort vor sich ging. Ein- oder zweihundert Meter fuhr sie noch weiter, dann parkte sie den Wagen am Straßenrand, schob ihren Rucksack unter den Fahrersitz, stieg aus, schloss die Tür leise zu und verriegelte sie. Den Schlüssel steckte sie in die Münztasche ihrer Jeans, um die Hände frei zu haben. Im Schatten der anderen Industriegebäude wagte sie sich immer näher an die Firma Baco heran. Dort herrschte einiges an Aktivität. In der rechten Auffahrt parkt ein weißer Lastkraftwagen, ein relativ kleiner Iveco mit geöffneten Laderaumtüren. Die Produktionshalle war hell erleuchtet, ein diffuses Maschinengeräusch drang nach außen. *Produktion nach 21 Uhr abends?*, wunderte sich Claudia. *Merkwürdig*. Langsam näherte sie sich dem Wagen, als die Tür zum Produktionsraum geöffnet wurde. Blitzschnell versteckte Claudia sich hinter einem Gebüsch und beobachtete, wie zwei Männer erschienen, um einige Kartons in den Wagen zu laden. Als diese wieder verschwunden waren, kam Claudia aus ihrer Deckung heraus und inspizierte die nähere Umgebung. Kein Mensch war hier zu sehen. Sie näherte sich vorsichtig der Ladefläche, lugte in den Laderaum hinein, stieg schließlich selbst hinein und versuchte, die Aufschrift der Kartons zu entziffern.

Die beiden Männer erschienen ein weiteres Mal, Hände und Arme mit Kartons voll bepackt, die sie ebenfalls in den Lieferwagen luden. Claudia hatte sich geistesgegenwärtig hinter den größten Kartons versteckt. Sie hörte, wie die Männer die Fahrertür sowie die Beifahrertür öffneten. Stimmen wurden laut, die Männer verabschiedeten sich in gebrochenem Englisch, alle Türen wurden zugeknallt, die Fahrertür, die Beifahrertür, und schließlich verriegelte auch jemand die beiden Laderaumtüren. Mit einem Mal war alles stockdunkel, der Motor dröhnte, und der Wagen holperte über den unebenen Zufahrtsweg. Nur mit Mühe fand Claudia irgendwo Halt an dem Balken einer Seitenwand. Der Wagen nahm eine Kurve, Claudia musste sich mit beiden

Händen festhalten. Als die Räder endlich auf gerader Strecke rollten und der Raum nicht mehr schwankte, schlug sie mit beiden Fäusten gegen die Wand. Aber die Verkleidung bestand aus groben Holzlatten, die nicht einmal gehobelt, deren Kanten hingegen messerscharf waren. Vorsichtig tastete sie sich in der Dunkelheit vor auf der Suche nach einem Teil der metallenen Karosserie, um klopfend auf sich aufmerksam zu machen. Doch der Wagen nahm wieder eine scharfe Kurve, sodass sie sich erneut festhalten musste. So schnell fand sie jedoch keinen Halt; Claudia flog durch den Raum und landete unsanft zwischen den Kartons.

Wohin geht die Reise?, fragte sie sich voller Angst. Furcht und Unsicherheit plagten die junge Frau. Und je länger die Reise andauerte, desto panischer wurde sie. Sie malte sich in den grellsten Farben aus, was am Ende dieser Reise auf sie wartete. *Wenn eine Firma nachts arbeitet und nachts Lkws belädt, alles Vorgänge, die tagsüber erledigt werden könnten dann ist etwas faul an der ganzen Sache. Und Vater wusste wohl was. Und in dieses faule Räderwerk wird er sich begeben haben. Und ich blöde Kuh bin durch meine Unvorsichtigkeit und meine Neugier selbst da reingeraten. Wenn die mich finden, können die mich gar nicht laufen lassen! Ich bin Zeugin eines Vergehens, wenn nicht sogar eines Verbrechens. Und der Tod meines Vaters, inwieweit hat der hiermit zu tun? Wie lange habe ich jetzt noch zu leben? Was passiert, wenn der Wangen hält, wenn der an seinem Bestimmungsort angekommen ist? Wenn die beiden Männer mit mir allein sind … Wie werden sie mich umbringen? Erschießen oder langsam erdrosseln?*

Panische Angst lähmte Claudias gesamten Körper, die grausamsten Gedanken blockierten ihr Hirn. Niemals in ihrem Leben war Claudia verzweifelter gewesen.

18

In seinem Büro schritt Bernd Albers unruhig hin und her. Martin Becker und Johann Kirsch hatten sich bei ihm angemeldet, in einer Angelegenheit von höchster Priorität, hatten sie betont. Albers, aufs Schlimmste gefasst, bat sie herein. Als alle drei Platz genommen hatten, begann Becker ohne Umschweife.

„Herr Albers, vorgestern hatten wir einen Zwischenfall, von dem wir Ihnen berichten müssen. Eine Person hat sich hier im Hof herumgetrieben; sie hat am Fenster gestanden und uns vermutlich ausspioniert. Kirsch und ich haben versucht, diese Person einzufangen, aber es ist uns nicht gelungen. Es muss sich um einen ganz jungen Kerl gehandelt haben ..."

Albers war von seinem Ledersessel aufgesprungen.

„Ihr habt den nicht erwischt? Ja, verdammt noch mal, wie konnte der überhaupt in den Hof gelangen?!", kritisierte er seine Mitarbeiter.

„Da bin ich überfragt", entgegnete Kirsch, „wir haben das Tor überprüft, das war abgeschlossen. Und darüberklettern ist so gut wie unmöglich."

Albers setzte sich wieder hin und grübelte. „Eine Person", fragte er schließlich. „Und Sie haben diese Person nicht erkannt?"
„Nein", gestand ihm Kirsch. „Als wir ihn angeleuchtet haben, hat er uns den Rücken zugekehrt und ist todesmutig über die hintere Mauer gesprungen. Ich weiß, wie hoch die ist, da springe ich nicht hinterher!"

„Herr Albers", monierte Becker, „ich glaube, es wäre ratsam, die Viagra-Produktion für ein oder zwei Wochen ruhen zu lassen. Sollte dieser ungebetene Besucher etwas unternehmen wollen, so können wir eine reine Weste vorweisen. Kein Material, keine Produktion, ergo keine Probleme!"
„Wenn das so einfach wäre, mein lieber Becker, die nächsten drei Lieferungen habe ich vertraglich schon zugesichert. Da gibt es kein Zurück. Absolut unmöglich, die Auftraggeber würden mir das Fell über die Ohren ziehen."
„Wenn wir auffliegen, Herr Albers, sind die doch mit dran!", gab Becker zu bedenken.
„Und wieso das?"
„Die kommen doch mit ihrem Lieferwagen und dem ganzen Material."

„Den Lieferwagen könnten die doch in Ruwer parken. Zum Beispiel."
„Aber wir können keine Lizenz für das Viagra vorzeigen."
„Richtig." Albers dachte einen Moment darüber nach. „Doch, die könnte ich drucken lassen. In meiner eigenen Druckerei. Seht Ihr, dafür habe ich mir die schließlich angeschafft. Wird sofort erledigt."

„Und das ist Ihnen nicht zu gefährlich?", fragte Kirsch besorgt.
„Ich glaube, wir haben keine andere Wahl."
„Nein, nein, Herr Albers, *Sie* habe keine andere Wahl." Kirsch war jetzt aufgebracht. „Wir schon."
„Wie meinen Sie das, Herr Kirsch?"
„Immerhin könnte ich kündigen."
„Herr Kirsch, dafür stecken Sie schon viel zu tief mit drin!"

19

In seinem kleinen Heimatort Feulen war Jean bekannt als Kauz. Nicht sosehr, weil er mit seinen 26 Jahren noch bei seinen Eltern lebte, nein, vielmehr wegen seiner Herkunft, die ihm eine Integration schwer machte. An allererster Stelle aber versperrte ihm sein ungeheurer, geradezu unheimlicher Wissensdurst, der seit seiner Kindheit auffällig war, den Zugang zu seinen Mitmenschen. Sein Großvater war ein Spanier, der in den Dreißigerjahren des vergangenen Jahrhunderts vor der Revolution geflüchtet war und sich in Feulen niedergelassen hatte. Jeans Vater hatte eine Luxemburgerin geheiratet, doch Jean, der eigentlich Juan de Arriaga hieß, war und blieb immer nur der *Spanier*. Ihn aber juckte das wenig, er hatte sowieso vor, dem Ort den Rücken zu kehren, sobald er seine Promotion in der Tasche hätte und die ganze Welt ihm offenstehen würde. Vielleicht konnte er eine Anstellung an der Madrider Universität bekommen oder in Bilbao oder sonst wo. Dann erst würde er sich endgültig niederlassen.

Als Student an der Trierer Universität belegte er das Fach Geschichte. Möglicherweise hatte der Lebenslauf seines geliebten Großvaters den Anstoß dazu gegeben, denn Jean war stets auf der Suche nach den Ursachen, die solche kriegerischen Katastrophen zur Folge hatten.

Jean und Thomas verstanden sich gut. Bereits seit mehreren Semestern arbeiteten sie Hand in Hand, und die wissenschaftlichen Ergebnisse waren immer hervorragend. Das beflügelte Thomas, auch er dachte mittlerweile intensiv über eine Promotion nach, hatte den Mut aber noch nicht gefunden, Claudia seine Absicht mitzuteilen. Er wusste zu genau, dass seiner Freundin eine andere Lebensplanung vorschwebte.

Jean hatte bei Thomas' Ankunft bereits eine Menge Bücher und Dokumente über Graf Siegfried auf seinem großen Schreibtisch ausgebreitet. Als Thomas sich darüber wunderte, antwortete Jean mit einem Achselzucken.
„Ich bin ein Feulener, da werde ich doch über Siggis Tausch mit den Maximinern und darüber hinaus auch über die Römer Bescheid wissen."
„Über Graf Siegfried, das ist mir klar, aber über die Römer?", fragte Thomas erstaunt.
„Natürlich über die Römer, du weißt vielleicht nicht, dass die Römer hier in Feulen eine feudale Villa er-

richtet hatten. Von der Villa ist zwar kaum noch etwas zu finden, aber ein Mosaik haben wir hier unter einem Schweinestall entdeckt. Du, ich sage dir, vom Feinsten! Es wurde in Trier restauriert und schmückt nun unser Historisches Nationalmuseum."
„Ja, Jean, jetzt kann ich mich auch wieder daran erinnern. Aber, du weißt selbst, wie viele Mosaike von den Römern zurzeit im Umlauf sind."
„Aber natürlich, Thomas. Nur, *dieses* hier, das stammt aus Feulen, aus meinem Heimatort. Für mich ist es etwas Besonderes."
„Sei dir genehmigt. Aber, zur Sache, wie steht es um unseren Siggi?"

Jean zeigte auf einen Stapel Bücher. „Schau mal, hier in einem banalen Luxemburger Schulbuch habe ich den Wortlaut der Tauschurkunde gefunden, im lateinischen Text, und auf der anderen Seite steht er in deutscher Übersetzung. Hier, nimm einmal diese Lupe und sieh dir die zahlreichen Unterschriften an!"
Jean reichte Thomas das Vergrößerungsglas. Dieser inspizierte akribisch das Dokument.
„Ja, in der 6. Indiktion, der alten spätantiken Zeitrechnung, wurde das Dokument unterzeichnet."

„Das entspricht dem Palmsonntag, dem 15. Tag vor den Kalenden des Mai 963."

„Und? Was soll daran falsch sein?"

„Dieses Datum würde dem 17. April entsprechen. Tja, ein Historiker hat aber neuerdings herausgefunden, dass im Jahr 963 der Palmsonntag nicht auf den 17. April gefallen ist. Das heißt, dass also vor einem halben Jahrhundert ein Millennium gefeiert wurde, das vielleicht gar keins war."

„Auf welches Datum ist dann der Palmsonntag im Jahr 963 gefallen?"

„Auf den 12. April. Der Schreiber hätte sich vielleicht um eine ganze Woche vertun können, aber das hier sind fünf Tage. Somit kann das Jahr unmöglich stimmen."

„Hier steht aber auch, dass die Urkunde im zweiten Jahr der Herrschaft von Otto verfasst wurde. Otto ist schließlich 962 Kaiser geworden."

„Aber König war er bereits seit 936. Hinzukommt, dass die beiden nächstgelegenen Jahre, in welchen der Palmsonntag auf einen 17 April gefallen ist, die Jahre 824 und 987 sind. Eine Zeitspanne also von 163 Jahren."

„Jean, in der Tat, das ist sehr verwirrend."

„Verwirrend ist aber auch noch die Tatsache, dass wir kein Geburtsdatum von unserem Held haben. Somit können wir nicht wissen, wer sein Vater war. Seine Mutter hieß Kunigunde und war die Tochter König Ludwigs des Stammlers. Und die war zweimal verwitwet. Ob sie ein drittes Mal geheiratet hat, wissen wir nicht."

Die halbe Nacht arbeiteten die beiden Historiker daran, sich der Figur Siegfried anzunähern. Irgendwann versuchte Jean, die historischen Fakten mit einer Legende aufzulockern. Er griff in sein Bücherregal, schaute Thomas verschmitzt an und reichte ihm ein auffallend neues Buch:
„Gerade herausgekommen. Ein Buch über die Melusina."
„Melusina?", fragte Thomas erstaunt.
„Eine Fabelfigur. Die geistert in vielen Kulturen herum, bei uns wird sie mit Graf Siegfried in Verbindung gebracht."
„Und was soll diese Fabelfigur darstellen?"
„Eine bildschöne junge Frau mit langem goldenen Haar ..."
„Wie alle Fabelfiguren ..."

„Nein, Thomas, nicht wie alle Fabelfiguren. Siggi und Melusina wurden ein Paar, aber als er herausfand, was es wirklich mit ihr auf sich hatte, verschwand sie für immer in den Fluten der Alzette. Die Melusina war nämlich nur bis zum Nabel eine Frau, dann kamen erste Schuppen, die schließlich in einen Fischschwanz übergingen. Du musst mal die ganze Sage lesen. Das Buch kannst du dir mal mitnehmen."

Erst als die Sonne sich über den Hügeln zeigte, packten sie die Bücher ein, frühstückten ausgiebig und Thomas machte sich zurück auf den Weg nach Trier.

20

Missgelaunt blätterte Tina in den Unterlagen, als Pif hereinkam und sie überschwänglich grüßte.
„Schönen Guten Morgen Tina, wie geht‘s?“
„Be…scheiden.“
„Na, na“, tadelte er sie, „du wirst dich doch wohl nicht unterkriegen lassen, nur weil wir noch nicht weitergekommen sind in dieser Pharma-Affäre!“

Jemand klopfte an die Tür und trat unaufgefordert herein.
„Herr Hauptkommissar, ich bringe Ihnen das Resultat der Kontobewegungen der Baco-Leute.“
„Ach, ja, danke. Und?“ Pif war gespannt.
„Nichts, aber auch rein gar nichts gibt es da zu beanstanden. Wir haben alles bis auf den letzten Cent geprüft, glauben Sie mir.“
„Na dann, vielen Dank an die ganze Abteilung.“
„Gerne.“

Als der Mann die Bürotür wieder hinter sich geschlossen hatte, waren die Kommissare noch niedergeschlagener. Bisher führte jeder Ansatz in eine Sackgasse. Sogar das Hinkebein war nicht wiederzufinden.

„So wenig wie in diesem Fall hatten wir nach zwei oder drei Wochen noch nie in den Händen. Und ich weiß nicht, wo wir noch suchen sollen. Alle Beteiligten haben für die Tatzeit in Grevenmacher ein Alibi, das nicht zu widerlegen ist, alle sind irgendwie involviert, aber keinem können wir irgendetwas nachweisen. Den Mord an Mohr schon mal gar nicht, weil wir den Zeitpunkt nicht wissen, wann das Gift in die Flasche gefüllt wurde. Und wir finden nicht heraus, wer die Besucher waren, das wusste einzig und allein der Ermordete. Das ist doch frustrierend!"
„Tina, du hast jetzt alles schön zusammengefasst, was geschehen ist. Mag aber sein, dass René weitergekommen ist."
„Der hat auch weiter nichts herausgefunden, hat er mir gestern Abend noch gesagt."
„Auch nichts? Na, wenn das so ist ... dann müssen wir eben warten, bis noch etwas passiert."
„Hast du noch alle Birnen am Baum?! Wir müssen verhindern, dass noch etwas passiert!"

Es klopfte an der Tür und Kommissar Steinbach trat ein.
„Störe ich? Guten Morgen allerseits."

„Guten Morgen Herr Steinbach“, grüßten beide. „Was führt Sie zu uns?“
Steinbach nahm unaufgefordert Platz, schob die Ärmel seines Hemdes zurück, eine Geste, die ihn irgendwie kampfbereit erscheinen ließ.
„Sie arbeiten ja an dem Mord in der Metternichstraße“, begann er.
Tina und Pif nickten. Hoffnung keimte plötzlich in ihnen auf.
„Wir bekamen da gestern eine Anzeige herein, auch aus der Metternichstraße. Ich dachte, das interessiert Sie.“
„Was für eine Anzeige?“ Pif war auf die Kante seines Stuhls gerutscht, derart weit lehnte er sich, alle Sinne gespannt, nach vorne.
„Eine merkwürdige Sache. Da ist ein Hundebesitzer, der vorgestern Abend spät mit seinem Tier Gassi ging. Der hat eine merkwürdige Beobachtung gemacht.“
„Wo genau befand er sich?“, unterbrach Tina seinen Redefluss.
„Der wohnt in der Rudolf-Diesel-Straße und wollte mit seinem Hund bis ins Gebüsch an der kleinen Überführungsbrücke.“
„Davon liegt die Baco keine hundert Meter entfernt“, erklärte Pif.

„Eben, deshalb habe ich angenommen, dass es euch interessiert."

„Und wie! Weiter!" Tina wirkte ungeduldig.

„Also, da bellte ein großer Hund wie verrückt, erzählte mir der Zeuge, seiner war auch nicht mehr ruhig zu kriegen. Dann sah er einen Mann, eine schmächtige Figur, aus dem Dunkeln kommen. Der Kerl bog um eine weitere Ecke und war plötzlich verschwunden. Dann habe er noch ein Auto gehört, das wegfuhr, aber nur ganz leise. Gesehen habe er es nicht. Der Zeuge hat dabei an einen Einbruch gedacht, oder an einen Einbruchsversuch. Das hat ihm über Nacht keine Ruhe gelassen und kam deswegen zu mir."

„Hat er eine Beschreibung von dem Mann geliefert?"

„Hier." Steinbach setzte die Lesebrille auf und las vor. „Schmächtige Figur, dunkel gekleidet, hinkte mit dem rechten Bein." Er blickte seine Kollegen fragend an. „Mehr hat der Zeuge nicht gesehen, das Fahrzeug, wie gesagt, auch nicht. Was ich dabei nicht verstehe, ist, dass niemand Anzeige wegen Einbruchs oder versuchten Einbruchs oder meinetwegen Hausfriedensbruch erstattet hat."

„Allerdings!", entgegnete Petry. „Sehr merkwürdig."

Tina war still, sie grübelte über eine Antwort.
„Wenn", dachte sie schließlich laut, „wenn dieser merkwürdige Besuch der Firma Baco gegolten hätte, nur einmal angenommen, und die Firma Baco würde, sagen wir mal, krumme Geschäfte machen, so wäre doch die logische Konsequenz, dass die sich mit einer Anzeige zurückhält."
„Da sind mir zu viele *hätte* ,*würde* und *wäre* in deiner Argumentation", überlegte Pif, „aber die Idee hat was."
„Das meine ich doch auch", stimmte Steinbach zu.

Ein Moment der Stille trat ein, alle dachten schließlich das Gleiche. Pif ergriff die Initiative.
„Wir müssen die Firma beobachten. Wir müssen wissen, wer da wann ein und aus geht. Welche Fahrzeuge be- und entladen werden, mit besonderem Augenmerk auf den weißen Ford Transit mit dem Kennzeichen TR-BA 11. Und zwar über die ganzen vierundzwanzig Stunden. Wir benötigen alle Kennzeichen, auch die der Fahrzeuge, die im Umkreis von, sagen wir mal, 250 Metern, abgestellt werden." Er schaute Tina an. „Besorge du die Genehmigung bei der Staatsanwaltschaft und organisiere die Überwachung, auch die telefonische. Die ist

sehr wichtig. Wäre doch gelacht, wenn wir nichts herausfinden würden."

Steinbach machte Anstalten, sich zu erheben.
„Ein Moment noch, Herr Steinbach!", hielt Pif ihn zurück. „Bitte bleiben Sie sitzen. Ich möchte mich bei Ihnen bedanken und Sie in den Fall einweihen. Du auch, Tina, warte noch einen Moment!"

Pif wählte die Telefonnummer seines Freundes Molitor und drückte die Lautsprechertaste. Nach zwei Klingeltönen wurde abgehoben.
„Bonjour Pif, wéi ass et, wat gëtt et neits?"
„Bonjour René, was Neues, fragst du, dabei wollte ich von dir dasselbe wissen. Hier gibt's nichts wirklich Neues, vielleicht aber doch."
„Du sprichst in Rätseln."
„Mag sein, René. Wir wollen jetzt mal auf den Busch klopfen. Bei der Firma Baco."
„Und, was versprichst du dir davon? Was soll dabei herauskommen?"
„Mal sehen, einen Versuch ist es immerhin wert. Wie weit bist du mit deinen Ermittlungen?" Pif erhoffte sich weitere Anhaltspunkte.
„Wir sind auch nicht weitergekommen. Der Mord in Grevenmacher ist im Augenblick nicht aufzuklären,

da fehlen einfach zu viele Erkenntnisse. Aber ich versuche einen anderen Weg. Vor drei Monaten hat sich hier in der Stadt ein Apotheker die Neue Brücke hinuntergestürzt. Immerhin sind das 44 Meter. Mit der Brüstung sogar gute 45. Die Sache wurde als Selbstmord eingeschätzt; Brückensprünge sind bei uns keine Seltenheit. Ich bin dabei, die Sache neu aufzurollen, obwohl ich für ein Verbrechen noch keine Anhaltspunkte habe. Aber, wenn ich an diese drei *Unfälle* in Prag denke, bei denen in einer Nacht allein drei Apotheker ums Leben gekommen sind, na, dann mache ich mir so meine Gedanken. Und die weisen in eine ganz andere Richtung …"
„Oh ja …" murmelte Pif in den Hörer. „Klar … und wir wünschen dir viel Erfolg bei den neuen Ermittlungen."
„Danke, kann ich gebrauchen. Die Frau des Apothekers ist ziemlich aufgekratzt, ich werde nur langsam vorankommen."
„Hauptsache ist, dass du überhaupt etwas herausbekommst, auch wenn es langsam geht. Halte uns auf dem Laufenden."
„Ihr mich auch und viel Erfolg!"

Tina verlangte nach dem Hörer und flüsterte René noch einige liebe Worte zum Abschied zu.

21

Irgendetwas weckte Claudia. *Wo bin ich,* dachte sie im ersten Augenblick, doch sehr schnell erfasste sie wieder ihre Lage. Vom unsanften Aufprall in der Kurve schmerzten ihre Rippen und die rechte Hüfte. Die Innenflächen der Hände brannten vom Festhalten an den groben Holzleisten. Wie lange war der Wagen bereits unterwegs? Stundenlang war er gefahren. *Wohin, in welche Richtung?,* fragte sie sich. Eingeschlafen musste sie sein. Geweckt hatte sie schließlich das Neustarten des Motors. Also hatten die Männer eine Pause eingelegt, womöglich getankt, und die Fahrt dann fortgesetzt. *Wie spät ist es? Oder wie früh? Ist der Tag bereits angebrochen? Und was geschieht am Ende der Fahrt?* Claudia versuchte vergeblich, nicht an die tödliche Bedrohung zu denken, der sie ausgesetzt war.

Der Wagen drosselte die Geschwindigkeit und nahm eine engere Kurve. *Eine Autobahnausfahrt vielleicht?* Dann blieb er stehen, aber mit laufendem Motor. *Eine rote Ampel?* Der Wagen bog ab, sie wurde wieder unsanft an die Wand gedrückt. *Wir scheinen eine Stadt erreicht zu haben,* kombinierte Claudia. Der Angstschweiß tropfte von ihrer Stirn, ein kalter

Schauer lief ihr den Rücken hinunter, das Herz pochte, das Blut pulsierte in ihren Adern. Langsam rollte der Wagen in eine Kurve, dann blieb er wieder stehen. *Eine größere Stadt, den vielen Stop-and-gos nach zu urteilen? Aber welche Stadt?*

Plötzlich rief jemand, aber in einer ihr völlig unbekannten Sprache. Eine Tür wurde geöffnet und wieder zugeknallt. Zwei unterschiedlich helle Quietschtöne dominierten die Gespräche, dann fuhr der Wagen ganz gemächlich eine enge Kurve, Meter für Meter. Schließlich stellte der Fahrer den Motor ab, zog die Handbremse und stieg aus.

Beide Laderaumtüren wurden entriegelt und geöffnet. *Jetzt oder nie!,* dachte Claudia und sprang aus dem Wagen, exakt in dem Augenblick, in welchem die Männer hinter den Türen standen, um diese an der Seitenwand des Wagens einzuklinken. Diesen kleinen Vorsprung nutzte sie. In gleißendem Morgenlicht sprintete sie durch eine ihr unbekannte Straße. Die Männer, zuerst perplex wegen ihres blinden Passagiers, verriegelten rasch die Ladetüren des Lkws und nahmen die Verfolgung auf. So schnell Claudia konnte, bog sie nach rechts in die nächste Querstraße ab, dann nach links in ein Gässchen. Sie lief durch einen Hof in eine andere Straße hinein und überquerte diese.

Sie vermutete, dass die Männer sich getrennt hatten, um ihre Chancen zu erhöhen, denn sie hörte, wie einer der beiden in die falsche Richtung lief. *Das heißt, dass sie nicht wissen, wo ich mich befinde.* Sie lief weiter und weiter, immer leicht bergab, schlug einen Haken nach dem anderen.
Claudias Glück war, dass ihr Weg sie in die Innenstadt führte. Zu Menschen, vielleicht zu hilfreichen Menschen. Nach wenigen Metern erreichte sie eine Gruppe Touristen, die sich eine Sehenswürdigkeit der Stadt ansahen. Eine Stadtführerin gab ihnen dazu die nötigen Erklärungen in französischer Sprache. *Ich war immer zu faul, Französisch zu lernen,* bereute sie nun ihre Bequemlichkeit. Diese Menschen konnte Claudia nicht ansprechen.

Wo bin ich überhaupt? In welcher Stadt? Die Autos, die vorbeifuhren, trugen alle das Landeskennzeichen CZ. *Die Schweiz hat CH,* überlegte sie, *das CY steht für Zypern. Aber CZ? Tschechien! Ja, richtig!* Plötzlich funktionierte wieder ihr Hirn.

Ihr Weg führte sie an einen großen Fluss. *Kann das die Donau sein? Oder die Moldau? In diesem Fall wäre ich mit großer Wahrscheinlichkeit in Prag. Über diesen großen Fluss führt eine imposante Brücke, die mit vielen Figuren von Heiligen und Königen oder Kaisern geschmückt ist. Wenn Prag, dann Karlsbrücke,* schoss es ihr durch den Kopf.

Mit Sightseeing konnte sie sich nicht aufhalten, Claudia musste dafür sorgen, einen Polizisten zu finden. Doch auf dem gesamten Weg war ihr niemand in Uniform begegnet, sosehr sie auch danach Ausschau hielt. Also lief sie über die Brücke und bog einmal mehr in eine sehr belebte Straße ab, wo sie sich endlich etwas sicherer fühlte. Aber auch hier war weit und breit kein Ordnungshüter zu sehen. Von einem Polizeirevier einmal ganz abgesehen.

Also muss ich zu anderen Mitteln greifen! Komme ich nicht zur Polizei, so kommt die Polizei eben zu mir …

Claudia inspizierte die Läden, die dafür infrage kamen und ging zweimal die Straße hoch und runter; schließlich entschied sie sich für eine mittelgroße, hübsche Konditorei. Sie betrat den Laden mit einem freundlichen Lächeln und steuerte zuerst die

Toiletten an. Das sorgte bereits für einige Aufmerksamkeit.

Sie betrachtete sich in dem Spiegel. Galt die Aufmerksamkeit ihrem Weg zu den Toiletten oder ihrem Aussehen? Sie zog ein Stück Papier aus dem Spender, hielt es unter den Wasserhahn und wusch sich erst Gesicht und Hals. Dann hielt sie ihre geschundenen Hände unter den Wasserstrahl, bis das Blut abgewaschen war. Ihre Haare zupfte sie mit den nassen Fingern einigermaßen zurecht. Schließlich nahm sie zwei Tücher, ein angefeuchtetes und ein trockenes mit in die Kabine.

Als sie nach langer Prozedur einigermaßen vorzeigbar den Salon wieder betrat, setzte augenblicklich Stille ein. Alle Blicke waren auf Claudia gerichtet. Ihrer Wirkung durchaus bewusst ging sie zur Theke, nahm sich einen Teller, öffnete die Auslage und legte sich zwei Teilchen darauf. Sie zog sich eine Serviette aus dem Kasten, ging zum Getränkekühlschrank und entnahm eine Cola, die sie am Schloss öffnete.

Mit ihren Siebensachen setzte Claudia sich schließlich an den einzigen freien Tisch; den in der Ecke.

Mit dem Rücken zum erstaunten Publikum fiel sie über die Delikatessen her. Die Stille hielt an. Langsam kam die Besitzerin zu ihr, sie hatte sich das Spielchen lange genug angeschaut, sie war es ihren anderen Gästen schuldig hier einzugreifen. Die Frau baute sich vor ihr auf und hielt Claudia ihren rechten Daumen und Zeigefinger unter die Nase und rieb sie aneinander. Unbeeindruckt tat Claudia sich weiter gütlich an den Teilchen. Dann tippte die Frau sie an die Schulter. Claudia schaute hoch. Über sich sah sie zwei gewaltige Brüste, darüber ein feistes rotwangiges Gesicht, dessen haselnussbraune Augen, von einer runden Nickelbrille umrahmt, sie feindselig anblitzten. Die reibenden Finger schoben sich vor das Porträt. Claudia nahm demonstrativ noch einen großen Schluck Cola, stellte die Flasche bedächtig auf den Tisch und erhob sich langsam.

Die Zahlungsaufforderung beantwortete sie ebenso stumm wie deutlich, indem sie ihre leeren Hosentaschen nach außen kehrte und mit den Schultern zuckte. Sie setzte sich wieder hin und aß scheinbar unbeeindruckt weiter. Die anderen Gäste blieben nicht nur still, sie genossen regelrecht diese einmalige Szene.

Die dicke Konditorei-Betreiberin gab sich nicht geschlagen. Die Situation war klar: Hier lag ein eindeutiger Fall von Zechprellerei vor. Da gab es nur eins: die Polizei rufen. Sie wählte eine dreistellige Nummer und wurde sofort verbunden.
Endlich! dachte Claudia, *das hat aber gedauert!*

Aber die Wirtin kam zu ihr zurück und riss sie hoch. Wie ein Sheriff erdreistete sie sich nun, Claudias restliche Taschen zu kontrollieren. In den Gesäßtaschen fand sie nichts, aber in der kleinen Münztasche befand sich Claudias Autoschlüssel. Mit einer blitzschnellen Bewegung griff die Frau sich den Schlüssel und hielt ihn in ihrer geschlossenen Pranke fest. Der ursprüngliche Spaß nahm plötzlich eine ganz andere, eine bedrohliche Dimension an. Da Claudia in ihrer Situation an einer Eskalation nicht gelegen war, unternahm sie nichts.

Es dauerte keine fünf Minuten, da hörte man von ferne Polizeisirenen näherkommen, innerhalb von zwei Minuten quietschten acht Reifen auf dem Asphalt und vier Polizisten betraten die Konditorei. Die Chefin deutete mit einer Kopfbewegung auf die Zechprellerin. Ehe Claudia begriff, was passierte, ehe sie überhaupt ein Wort sagen konnte, hatten zwei Beamte sie schon überwältigt, ihr die Arme auf den Rücken gedreht und die Hände gefesselt. Unsanft wurde sie in einen Wagen geschoben und mit Eskorte und Blaulicht zum Polizeipräsidium gebracht.

22

Eine gute Stunde benötigte Thomas für seinen Weg nach Hause. Unterwegs plagte ihn der Gedanke, dass er sich den ganzen Abend nicht ein einziges Mal bei Claudia gemeldet hatte. Er und Jean waren dermaßen mit ihren Recherchen beschäftigt und in die Texte vertieft gewesen, dass keiner von beiden die Außenwelt noch wahrgenommen hatte. Jetzt aber war es zu spät anzurufen. Oder zu früh, wenigstens zwei Stunden zu früh. *Claudia hätte ja auch mal 'ne SMS senden können,* dachte er, *aber es kam ja auch nix,* überlegte er weiter, *dann ist wohl auch nichts passiert.*

Leise schloss er die Wohnungstür auf, und leise schlich er im Dunkeln ins Schlafzimmer. Er entkleidete sich und schlüpfte behutsam unter die Bettdecke. Zaghaft tastend streckte er seinen Arm aus.
„Claudia?"

Das Bett war unbenutzt und kalt. Er machte Licht und erschrak. Claudia war nicht da. Sie war heute Nacht überhaupt nicht im Bett gewesen. Er stürmte ins Badezimmer. Keine Spur von ihr. Im Wohnzimmer, in der Küche, nirgendwo ein Zettel oder ein

Brief. Dann erinnerte er sich dran, dass sie den Abend bei ihrer Mutter verbringen wollte. Es konnte also sein, dass sie bei ihr geblieben war. Dieser Gedanke beruhigte ihn weitestgehend, und er schalt sich einen Tölpel, so leicht in Panik geraten zu sein.

Aber warum hat sie mir keine Nachricht gesendet? Weil ich mich nicht gemeldet habe? Eigentlich passt das nicht zu ihr, überlegte er und warf einen Blick auf das Schlüsselbord. Ihr Autoschlüssel fehlte. *Natürlich fehlt der, wenn sie nicht da ist,* dachte Thomas. Er kramte nach seinem Smartphone, konnte aber weder eine Mail noch eine Nachricht finden. Aber er war auch zu müde, um sich jetzt noch einmal anzuziehen und in die Stadt zu fahren, um Claudias Auto in der Christophstraße oder der näheren Umgebung zu suchen. Also legte er sich wieder hin und schlief sofort ein.

Keine drei Stunden später weckte ihn die Klingel seines Festnetzanschlusses. Schlaftrunken torkelte er zum Telefon. Es war Rosi.
„Sag mal, Thomas, gestern Abend wollte Claudia mich doch besuchen kommen. Warum meldet sie sich nicht? Ich habe sie bereits ein Dutzend Mal angerufen!"

Schlagartig war Thomas hellwach.
„Wie, sie ist nicht bei dir?! Hier ist sie auch nicht! Sie war die ganze Nacht nicht hier!"

Eine böse Ahnung beschlich beide. Claudia musste etwas zugestoßen sein! Und zwar bereits am Abend zuvor. Sonst hätte sie sich gemeldet. Thomas versuchte sogleich, sie anzurufen, aber vergeblich, nur die Mailbox meldete sich. Außer sich vor Sorge schlüpfte Thomas in die erstbesten Kleider, die er fand, und fuhr zur Polizei. Dort allerdings schienen die Beamten wenig beunruhigt.
„Ein erwachsener Mensch hat das Recht sich aufzuhalten, wo er möchte."
„Das passt aber nicht zu meiner Freundin, nicht erreichbar zu sein!", protestierte Thomas.
„Was meinen Sie, was wir in *der* Beziehung nicht schon alles gesehen haben ...", kam prompt die Antwort. „Hatten Sie Streit, gestern Abend?"
„Nein, hatten wir nicht. Wir streiten nur wenig."
„Ach, wie langweilig."
Nur mit Mühe konnte Thomas sich bezähmen.
„Ich möchte eine Vermisstenanzeige aufgeben."
„Ach ja? Die nehmen wir erst 48 Stunden nach dem Verschwinden einer Person auf."

Thomas prägte sich den Namen des Polizisten ein und verließ unverrichteter Dinge die Wache.

Geschlagen gab er sich nicht, sondern fuhr unverzüglich in die Stadt. Er parkte seinen Wagen im City Parkhaus und marschierte in die Salvianstraße. An der Pforte hatte er einige Mühe, zu Hauptkommissar Petry vorgelassen zu werden, schaffte diese Hürde aber, indem er sich auf die Ermittlungen zum Mordfall Mohr, seinem Schwiegervater in spe, berief.

Pif und Tina begrüßten ihren Gast, an den sie sich gut erinnerten, freundlich. Ohne Umschweife erzählte Thomas ihnen, was sich in den vergangenen zwölf Stunden zugetragen hatte. Die Kommissare hörten nicht nur aufmerksam zu, nein, sie teilten im Laufe des Gesprächs Thomas' Sorge um Claudias Leben.

Tina griff zum Hörer und wählte Kommissar Steinbachs Nummer. Als dieser sich meldete, sprach sie verschlüsselt.

„Herr Steinbach, Sie erinnern Sich an unser Gespräch von gestern? Ja, genau. Wissen Sie, ob bereits diese Maßnahmen in die Wege geleitet worden sind?" Eine Pause trat ein. Tina hörte konzentriert zu. „Danke, ich melde mich später wieder“, antwortete sie schließlich.

Pif schaute sie anerkennend an. *Gute Reaktion,* dachte er. Leider hob Tina die Schultern, was Pif zu verstehen gab, dass die Überwachungsmaßnahmen in der Metternichstraße noch nicht eingeleitet worden waren. *So ein Mist!,* ärgerte sich Petry.

„Herr Weber, wir kümmern uns sofort darum. Wir werden als Allererstes Claudias Fahrzeug suchen. Geben Sie uns ihr Kennzeichen und die Typenbezeichnung.“

„Claudia fährt einen roten Polo, ein älteres Modell mit dem Kennzeichen TR-CM13. Ich hoffe, die Zahl wird ihr Glück bringen.“

„Wir auch. Haben Sie ein Foto von Ihrer Freundin dabei?“

Thomas zog seine Brieftasche aus der Jacke und wühlte darin.

„Hier, ein Schnappschuss von ihr, aber der ist aussagekräftiger als jedes Passbild. Bitteschön.“ Er reichte Tina das Foto.

Tina scannte das Bild und gab es Thomas wieder zurück.

„Hübsche junge Frau, das dachte ich ja bereits, als ich sie kennenlernte. Lassen Sie uns noch Ihre Handynummer hier. Sobald wir etwas in Erfahrung gebracht haben, melden wir uns bei Ihnen."

„Vielen Dank."

Als Thomas sich erhob, fragte Tina ihn mit einer gewissen Anteilnahme:

„Wie geht es eigentlich Frau Mohr? Ihrer zukünftigen Schwiegermutter, wenn ich recht habe."

„Erst hat sie ihren Mann durch ein Verbrechen verloren, jetzt wird sie fast wahnsinnig vor Angst um das Leben ihrer Tochter. Sie können sich wohl ausmalen, wie es ihr geht!"

Thomas hatte seine Antwort ehrlich gemeint, dass sie eine Spur unhöflicher daherkam, als ihm lieb war, fiel ihm erst auf, als er den Satz bereits ausgesprochen hatte. Trotzdem antwortete ihm Tina zum Abschied mit ausgesuchter Freundlichkeit.

„Wir werden unser Bestes tun, Claudia zu finden. Glauben Sie mir das."

Unser Bestes tun, echote es ihm im Kopf, als er in die Christophstraße eilte. Unterwegs achtete er genau auf alle abgestellten Fahrzeuge, einen besonders aufmerksamen Blick widmete er den in der Nähe der elterlichen Wohnung geparkten Karossen. Aber weder in der Kochstraße noch in der Deworastraße, weder in der Rindertanzstraße noch in der Petrusstraße, nirgends entdeckte er ihren roten Polo.

Also beschloss Thomas, seine zukünftige Schwiegermutter aufzusuchen und mit ihr gemeinsam auf Nachrichten zu warten. Weinend fielen sie sich in die Arme.

23

Erst im Kommissariat löste man Claudias Handfesseln. Ein Beamter zeigte auf eine Bank im Flur. Sie sollte sich setzen. Dann schlossen sich die Fesseln erneut um ihr linkes Handgelenk, die andere Schelle befestigte der Polizeibeamte an der Lehne dieser Bank. *Als wäre ich eine Schwerverbrecherin,* dachte Claudia. Die Zeit verging. Erst eine Stunde, dann zwei. Plötzlich erschien wieder ein Uniformierter mit einem Becher Wasser auf einem kleinen Tablett und reichte es ihr. Dankbar nahm sie den Becher und trank ihn aus. Das Tablett wurde ihr wieder hingehalten, und sie stellte den leeren Becher zurück. Am Becher klebten noch einige Tropfen Blut von ihren Schürfwunden. Dann verschwand der Mann, ohne auch nur ein Wort gesagt zu haben. Kurz darauf kehrte er mit Desinfektionsmittel und Pflaster zurück und versorgte fachmännisch Claudias Verletzungen.
Auch wenn es jetzt noch einmal so lange dauerte, schien die Bechergeschichte doch ein Anzeichen dafür zu sein, dass sie nicht ganz vergessen worden war.

Eine Tür ging auf, und ein freundlicher Beamter kam zu ihr, löste die Handschellen und begleitete sie, nur mit einem Handzeichen und ohne ein Wort zu sagen, in einen Verhörraum. Er zeigte auf einen Stuhl, und Claudia nahm Platz. Er formulierte einen Satz, der nicht einmal unhöflich klang, Claudia jedoch verstand kein einziges Wort.
„Können Sie bitte Deutsch sprechen?", erwiderte sie ebenso höflich.
„Němčina?"

Der Beamte schüttelte den Kopf und zuckte mit den Schultern; stattdessen zeigte er auf den Stuhl, Claudia müsse sitzen bleiben und verschwand.

Nach geraumer Zeit kehrte er zurück mit einem zweiten Beamten im Schlepptau. Beide setzten sich ihr gegenüber. Claudia versuchte, diesen Mann zu ergründen. Er zeigte Abscheu im Gesicht, eine gewisse Mischung aus Kompromisslosigkeit und Feindseligkeit. Von Charme und Zuvorkommenheit keine Spur. *Auch das noch!,* dachte sie verzweifelt. Verständnis für ihre Lage durfte Claudia von diesem Mann kaum erwarten.

„Ihren Ausweis, bitte!", begann er barsch.

„Es tut mir leid, aber ich trage keinen Ausweis bei mir."
„Damit machen Sie sich strafbar. Und Sie haben in einem Café die Zeche geprellt. Das kommt noch hinzu. Vor zehn Jahren noch hätte ich Sie sogar wegen illegaler Einreise belangen können."
Claudia erzählte in groben Zügen, was ihr widerfahren war. Tränen kullerten über ihr Gesicht, teils aus Berechnung, teils aus echter Hilflosigkeit.
„Sie brauchen sich hier nicht so aufzuführen. Das wird Ihnen nichts helfen. Hier zählen unsere Gesetze und sonst nichts."
„Ich heiße Claudia Mohr und wohne in Trier."
„Ja, und? So etwas kann jeder behaupten. Was ist mit Ihren Händen passiert?"

Endlich nahm das Gespräch eine andere Richtung. Also erzählte sie eingehender von der endlosen und unfreiwilligen Fahrt in dem Lkw, schließlich von ihrer Flucht und ihrer Hilflosigkeit in der fremden Stadt. Eine kleine Pause trat ein.

„Können Sie bitte in Trier anrufen, damit meine Familie Informationen über meinen Verbleib erhält. Die Ländervorwahl für Deutschland ist die 0049 ..."

„Ja glauben Sie denn, das würden wir nicht selbst wissen?!"
Claudia erschrak, stammelte aber immerhin noch: „Die machen sich bestimmt furchtbare Sorgen. Gerade jetzt nach dem Tod meines Vaters …"
Die barsche Antwort kam prompt: „Wann und wen wir anrufen, bestimmen immer noch wir. Kapiert?"

Ja glaubt dieser aufgeblasene Zampano eigentlich ich wäre eine aufmüpfige, streunende Göre? Einer plötzlichen Eingebung folgend bat Claudia den Mann in einem untertänigen Ton:
„Bitte … ich bitte Sie inständig um Ihre Hilfe."

Aus der Fassung brachte das den Mann nicht, immerhin änderte er den Ton. Er fing an, Erklärungen abzugeben über den Sinn der Personenkontrollen und der Ausweispflicht. Und über Aneignung fremden Eigentums, darunter zähle auch Zechprellerei. *Sind das Erklärungen oder Rechtfertigungen? Eher das zweite,* dachte sie und beackerte den Mann weiter.
„Sehen Sie", flüsterte Claudia, „vor drei Wochen wurde mein Vater ermordet. Kriminalhauptkommissar Ralf Petry bearbeitet den Fall. Der kennt mich, der kann Ihnen meine Identität bestätigen."

„Petry von der Kripo Trier? Richtig?“
„Ja, richtig! Vielen Dank.“
Der Mann schickte seinen Kollegen hinaus, wohl in die Telefonzentrale. Dann schaute er sich die junge Frau genauer an.
„Sie wissen ja, dass ich Sie nicht laufen lassen kann?“
„Wohin soll ich denn auch groß laufen?“ Claudias Antwort klang schnippisch, viel unhöflicher als beabsichtigt. So schob sie konziliant nach: „Ich habe kein Geld, keinen Ausweis, ich bin auf Hilfe angewiesen, wenigstens im Augenblick. Und mein Autoschlüssel wurde mir auch noch gestohlen.“
„Autoschlüssel? Dann sind Sie *doch* mit Ihrem Wagen angereist?!“ Der Beamte witterte eine Schwachstelle in Claudias Bericht.
„Aber nein … so glauben Sie mir doch …!“

Ein anderer Beamter klopfte an die Tür und betrat den Verhörraum. Er reichte Claudia die Hand und grüßte sie freundlich auf Deutsch. *Na also, es geht auch netter!*, dachte sie erleichtert. Der Fremde nahm neben dem Kommissar Platz. „Wie geht es Ihnen, Frau Mohr?“, erkundigte er sich.
Das verschlug Claudia den Atem. *Was ist denn nun passiert? Woher kommt dieser plötzliche Sinneswandel?*

„Danke. Meine Hände brennen und Hunger habe ich auch, aber es geht schon.“ Claudia klang überzeugend.
„Wir werden uns um Sie kümmern. Ich habe das ganze Gespräch hinter diesem Spiegel verfolgt.“ Er zeigte mit dem Finger auf die Wand hinter Claudia. Claudia dreht sich um und nahm den Spiegel zum ersten Mal bewusst wahr. „Ich habe mittlerweile mit Hauptkommissar Petry in Trier gesprochen. Er sagte mir, Ihre Familie wäre in sehr großer Sorge um Sie, ich konnte ihn aber beruhigen.“

Dem unfreundlichen Beamten machte er ein Kopfzeichen, worauf dieser sich verabschiedete.
„Wann und wie komme ich denn jetzt nach Hause, Herr Kommissar ...?“
„Inspektor Karl.“
„Herr Inspektor Karl.“ Claudia prägte sich den Namen ein. *Patenter Kerl,* dachte sie bei sich.
„Tja, Frau Mohr, nicht sofort jedenfalls. Wir benötigen Sie noch in dieser Angelegenheit. Und Ihre Papiere sind noch nicht einmal auf dem Weg hierhin. Ohne Ausweis dürfen wir Sie nicht ausreisen lassen. Ein paar Tage wird es schon noch dauern.“

„Ein paar Tage ...?!" Claudia glaubte, nicht richtig gehört zu haben. „Wozu brauchen Sie mich denn überhaupt?"

Inspektor Karl griff zum Telefon und gab einen Befehl, dann legte er auf, räusperte sich, setzte sich bequem hin und erklärte:
„Frau Mohr. Sie sind entführt worden."
„So können Sie das nicht nennen. Diese Leute wussten ja nicht, dass ich mich im Laderaum befand."
„Ob gewusst oder nicht, Ihre Entführer müssen wir finden. Und Sie müssen uns dabei helfen."

Aha, dachte Claudia, *daher also weht der Wind! Diese plötzliche Wende der Stimmung zielt in Wirklichkeit nur darauf hin, dass ich denen jetzt auch noch behilflich sein muss. Irgendetwas scheint hier im Busch zu sein. Allerdings, welches Kommissariat hat keine ungeklärten Fälle?*

Wieder betrat jemand den Raum. Eine junge Frau, ebenfalls in Zivil, brachte zwei Sandwiches und zwei Flaschen Mineralwasser mit zwei Gläsern auf einem Tablett, daneben lag ein Stadtplan. Karl schob das Tablett zu Claudia und entfaltete den Stadtplan.

„Guten Appetit“, wünschte er, öffnete beide Flaschen und schenkte das Wasser in die Gläser ein.

„Sie sprachen soeben vom Tod Ihres Vaters“, sagte Karl.

„Ja“, flüsterte Claudia. „Man hat ihn vergiftet. Vor gut drei Wochen. Er war Chemiker bei einer Pharma-Firma in Trier.“

„Das tut mir sehr leid für Sie.“ Er war durch lange Berufsjahre geübt genug darin, keine Regung zu zeigen, sondern führte die Befragung weiter.

„Hier, das ist der Prager Stadtplan.“ Sein Finger zeigte auf eine kleine Straße im Gewirr von vielen anderen Straßen. „Hier haben wir Sie aufgegriffen, hier liegt die Konditorei.“ Dann zeigte er auf einen anderen Punkt auf dem Stadtplan. „Sind Sie von hier gekommen?“

„Ich bin über eine große Brücke gelaufen, eine mit vielen Figuren.“

„Das muss diese hier sein, das ist die Karlsbrücke. Gut. Wie sind Sie dahin gelangt?“

Claudia sah sich den Plan genauer an. Sie war aber derart in Panik gewesen und so oft nach rechts oder links abgebogen, dass sie sich beim besten Willen auf dem Plan nicht zurechtfand, da sie sich nicht deutlich zu erinnern vermochte. Der Inspektor hatte ein Einsehen und fragte anders herum.

„Wie lange, glauben Sie, haben Sie gebraucht, um bis zur Brücke zu gelangen?“
„Keine Ahnung, zehn Minuten vielleicht, oder zwanzig.“
„Das bringt uns auch nicht weiter.“ Er überlegte. Plötzlich fragte er:
„Sind Sie vielleicht bergab gelaufen?“
„Es waren kleine Straßen. Ja, und die gingen tatsächlich alle leicht bergab. Da waren nur wenige Autos unterwegs. Weiter unten wurde es dann aber ganz flach. Dort war dann auch mehr Verkehr.“
„Wie war die Bodenbeschaffenheit? Asphalt oder Pflastersteine?“
„Mal so, mal so. Einmal bin ich fast auf dem Kopfsteinpflaster ausgerutscht.“
„War das zu Anfang der Flucht oder später? Kopfsteinpflaster haben wir hier noch viel.“
„Das weiß ich nicht mehr.“

Stille setzte ein. Claudia aß gedankenversunken ihr zweites Brot, angestrengt versuchte sie, sich an das eine oder andere Detail zu erinnern.
„Ein Haus hatte grüne Fensterläden. Klappläden.“
Karl nickte zufrieden und machte sich Notizen. „Waren die grünen Fensterläden in der Kopfsteinpflasterstraße?“

Claudia schüttelte den Kopf. „Hm, keine Ahnung."

„Mal was anderes. Haben die Leute Sie von vorne gesehen, als Sie fortliefen?"
„Nicht von vorne, glaube ich, aber mit Bestimmtheit kann ich das nicht sagen, es war plötzlich so hell im Wagen, dass ich im ersten Moment wie geblendet war. „Gut, können Sie mir denn vielleicht sagen, was dieser Transporter geladen hatte?"
„Ich vermute mal Medikamente. Irgendetwas mit dem Namen *Dolo*; und der Name *Luna* ist mir auch aufgefallen."
„Sonst nichts?"
„Das ging alles so schnell, ehe ich sehen konnte, was sich alles in dem Wagen befand, wurden die Türen geschlossen, und es war stockdunkel."
„Ja, ich habe mir die Geschichte ja angehört. Und das geschah also gestern Abend in Trier."
„Ja, gegen zehn Uhr in der Firma Baco, in der Metternichstraße."

Karl griff zum Telefon und gab einen kurzen Befehl und beendete sofort das Gespräch. Seine Miene verdüsterte sich. „Wir werden nicht umhinkommen, einen Ortstermin zu unternehmen."

„Dahin kriegen mich keine zehn Pferde mehr!“, stöhnte Claudia angsterfüllt.
„Keine Angst, Frau Mohr, wir werden unauffällig in einem einfachen Wagen durch die Straßen fahren, und Sie sagen uns, ob sie etwas wiedererkennen.“
„Und wenn ich mich weigere?“
„Ich dachte, Sie wollten bald wieder nach Hause?“

Das war überdeutlich, ihr blieb keine andere Wahl.

Eine Beamtin mit verhärmten Gesichtszügen betrat den Raum. Sie hielt Inspektor Karl eine blaue Uniformjacke hin.
Karl zeigte auf Claudia, und die Frau forderte sie auf, die Jacke überzuziehen. Claudia schaute hinauf zu der Beamtin, erhob sich und schlüpfte in die Jacke.
„So erkennt niemand Ihre gelbe Bluse wieder. Sind Sie bereit?“, fragte Karl.
„Einen Moment noch!“ Claudia, die glaubte, ihr Zugeständnis wäre eine kleine Belohnung wert, beschwerte sich. „Die dicke Wirtin hat mir meinen Autoschlüssel abgenommen. Den will ich wiederhaben. Die glaubt wohl, meinen Wagen zu finden und sich daran schadlos halten zu können … wenn nicht mehr.“

„Darum werden wir uns kümmern, ich schicke eine Streife dort vorbei.
Ach, noch etwas. Frau Kommissarin Rubkow wird Sie vermutlich übermorgen abholen kommen."

Die drei machten sich auf den Weg in die Tiefgarage.

24

Nachdem Claudia dem unfreundlichen Beamten gegenüber die Bitte ausgesprochen hatte, man möge Kriminalhauptkommissar Petry anrufen, hatte der hinter dem Spiegel lauschende Inspektor Karl sich umgehend mit der Trierer Kripo verbinden lassen. Karl war ein Deckname, den Trierer Kollegen nannte er seinen richtigen Namen und seinen Dienstgrad. Karl stand weit oben in der Hierarchie und verstand sich auf Anhieb mit Petry.

Als Erstes kamen die Kommissare überein, Claudias Familie zu benachrichtigen, ihr aber noch keine weiteren Informationen preiszugeben. Petry seinerseits erfuhr, dass die Prager Polizei hinter einer brutalen und äußerst gefährlichen Bande her war, die mit mafiaähnlichen Methoden in der Pharma-Welt zugange war und dass Karl in Prag die Ermittlungen zur Ergreifung dieser Verbrecher leitete.

„Schau mal", eröffnete Karl seinem Kollegen Pif, „wir hatten in ein und derselben Nacht drei tote Apotheker. Es sollen drei Unfälle gewesen sein, wie man uns zu verstehen geben wollte. Die Gerichtsmedizin hat aber herausgefunden, dass wenigstens einer von der Toten, und zwar der, den ein Intercity mitsamt seinem Auto geschreddert hat, in Wirklichkeit bereits vor dem Unfall tot war. Schwieriger wird es werden bei dem Fenstersturz. Ob und vor allem wie da nachgeholfen wurde."

„Schrecklich, solche Geschichten", meinte Pif. „Übrigens, vielleicht interessiert es dich, aber mein Luxemburger Kollege René Molitor hat auch den Fall eines Apothekers, der sich eine Bücke hinuntergestürzt hat. Oder haben soll."
„In Luxemburg auch? Den Kollegen muss ich sprechen. Gib mir mal seine Telefonnummer!"
„Aber gerne, die maile ich dir." Pif blickte zu Tina hinüber und gab ihr ein Zeichen. Tina setzte sich gleich an den Computer.
„Sag mal, Petry, der Vater dieser Claudia, der wurde doch auch ermordet? Irgendwie passt dieser Mord in die Serie. Finde ich. Oder verfolgst du eine andere Spur?"
„Karl, der Mann war Chemiker. Er hat allerdings in einer Pharma-Firma gearbeitet."
„Und genau aus der kam der Lkw, der seine Tochter im Frachtraum mit sich geführt hat. Und dieser Wagen kam auf direktem Weg hierhin nach Prag. Da bist du baff! Habe ich recht?"

„Karl, was macht das Mädchen denn nachts in dieser Firma? Den Mord ihres Vaters sehe ich bereits seit Langem in einem anderen Licht."

„Vielleicht in dem richtigen. Aber, jetzt zurück zu unserer jungen Frau. Die war vermutlich hier in Prag in dem Laden drin gewesen, und die muss mir zeigen, wo das war. Die benötige ich als Lockvogel."

„Passt mir aber gut auf die Kleine auf!", bat Pif seinen Kollegen, halb in Sorge um Claudia, halb im Scherz unter Kollegen.

„Mach ich, aber bitte: kein Wort zur Familie!"

„Selbstredend! Nur: Wie und vor allem wann wird sie heimkehren?"

„Übermorgen, schätze ich, müssten wir ein Resultat haben. Aber ihre Papiere müssen zuerst hier sein. Ohne Ausweis gibt es keine Ausreise."

„Ich schicke dir meine Kollegin Tina mit der nächsten Maschine, die abfliegt."

„Ich melde mich noch einmal", versprach ihm Karl.

Nach dieser Unterredung hatte Inspektor Karl genügend Informationen erhalten, um Claudia im Verhörzimmer gegenüberzutreten.

Tina wartete keine Stunde. Sie glaubte zu wissen, wie Claudia gestrickt war. Also nahm sie ihre Sachen und verabschiedete sich bei Pif.

„Ich fahre zur Mutter Mohr und überbringe ihr die gute Nachricht. Vorher versuche ich aber, den Wagen zu finden."
„Und wo willst du mit der Suche beginnen? Trier hat viele Straßen."
„Aber nur *eine* Metternichstraße. Ich vermute mal, dass ihr Wagen nicht gerade vor der Tür der Firma Baco geparkt steht, bestimmt aber irgendwo in der Nähe."
„In Ordnung, dann suche mal schön! Ich organisiere in der Zwischenzeit deinen Flug."

Irgendwie sah die Metternichstraße heute anders aus. Die Händler freuten sich über mehr Kunden als sonst. Die Stadtwerke zogen einen Entwässerungsgraben gegenüber der Firma Baco, und ein Transporter hatte eine Panne und musste umgeladen werden. *Aha, endlich!* Tina erkannte einige Kollegen, die sie aber nicht zu grüßen wagte. Sie hatte richtig vermutet, noch vor der Kurve glänzte leuchtend rot Claudias abgestellter Polo. Allmählich machte Tina sich einen Reim auf die ganze Geschichte.

Sie kramte nach ihrem Handy und bestellte den Technischen Dienst, jemand möge den Wagen für sie öffnen und das Fahrzeug anschließend in die KTU überführen. Keine zehn Minuten später war der Wagen offen, und Tina hielt Claudias Rucksack in den behandschuhten Fingern. Schon auf den ersten Blick erkannte sie, dass niemand sich für den Wagen oder seinen Inhalt interessiert hatte. Also untersuchte sie den Sack; sie fand die Hausschlüssel, eine Börse mit ein wenig Geld und einer EC-Karte darin, ein Päckchen Papiertaschentücher sowie ein paar Bonbons und eine kleine Taschenlampe. Im linken Reißverschlussfach befand sich der Ausweis zusammen mit einem anderen Foto. Tina betrachtete das Bild. *Ziemlich unscharf das Foto, aber hübscher Mann, allerdings ein wenig zu alt für so 'ne junge Frau. Wer mag das sein? Sie ist schließlich mit dem Thomas Weber zusammen.*

Tina steckte alles zurück in den Rucksack, verstaute diesen in ihrem Kofferraum und fuhr in die Christophstraße.

Mutter und Freund hatten sich mittlerweile von dem größten Schrecken erholt, wollten aber im Detail erfahren, was passiert war.
„Das wissen wir selbst noch nicht so genau", antwortete Tina. „Fakt ist, dass Ihre Tochter sich in Prag befindet, es geht ihr gut, sie ist unverletzt und in

bester Obhut. So schnell wie ein Platz in einer Maschine frei ist, fliege ich hin und hole sie ab. Das kann natürlich zwei Tage dauern. Mehr kann ich Ihnen im Augenblick nicht sagen."
„In Prag?", fragte die Mutter entsetzt. „Was um Himmels willen macht Claudia in Prag? Und in wessen Obhut befindet sie sich überhaupt? Haben Sie mit ihr gesprochen?"

Tina überlegte. *Polizeiliche Obhut klingt nach Verbrechen und persönlich gesprochen haben wir sie auch nicht. Was also sagen?*
„Oh, es geht ihr sehr gut", versicherte Tina ausweichend. „Sie können ganz beruhigt sein. Und ich persönlich werde sie nach Hause holen." Zur Ablenkung fügte sie noch hinzu: „Wenn Sie möchten, teile ich Ihnen mit, wann und wo wir landen werden. Hoffentlich in Luxemburg. Aber, wie gesagt, das hängt von den Flügen ab."

Welch ein Glück, dass diese beiden sich mit so wenigen Informationen haben abspeisen lassen! , dachte Tina auf dem Weg zum Kommissariat. *Wenn die darauf bestanden hätten, Claudia anzurufen, was hätte ich ihnen dann gesagt?*

25

In seinem Büro bei der Police Judiciaire in Luxemburg brütete Commissaire en chef René Molitor über seinen Akten, als seine Praktikantin Juliette Brasseur seinen Gedankengang unterbrach.
„Chef", sagte sie, „ich habe es mir gut überlegt, ich bleibe bei der Mordkommission. Einerseits finde ich die Arbeit hochinteressant und andererseits ist es ausgesprochen befriedigend, einen Missetäter zu fassen und damit unschädlich zu machen. Also, ich bleibe dabei!"
Molitor schaute hoch und nickte.
„Juliette, Sie haben bisher gute Arbeit geleistet, ich freue mich auf unsere weitere Zusammenarbeit, falls Sie hier bei mir bleiben werden." *Was wird Tina davon halten,* dachte er insgeheim. *Ja, Tina, du hast dich rar gemacht in den vergangenen drei Wochen, du hast deinen Vergifteten, ich habe meine erdrosselte Portugiesin. Beide kommen wir nicht so richtig weiter in unseren Ermittlungen. Obwohl wir ahnen, dass beide Fälle zusammenhängen könnten, fehlt uns ein entscheidender Hinweis, der uns weiterbringen könnte.*
Also vertiefte er sich wiederum in seine Unterlagen. *Irgendwo liegt vielleicht der Hinweis, den wir übersehen haben.*

Ein Anrufer meldete sich aus dem Ausland.
„Molitor, Police Judiciaire, Luxembourg", stellte René sich vor.
„Hier die Mordkommission von Prag, Inspektor Karl. Guten Tag, Herr Molitor."
Molitor stutzte, drückte als Erstes die Lautsprechertaste. *Was in aller Welt macht Prag an der Strippe?*
„Ich bin Chefermittler in der Prager Mordkommission. Ihre Adresse und Telefonnummer habe ich von Herrn Petry in Trier erhalten. Mit dem habe ich am Vormittag ein langes Gespräch geführt."
Dann berichtete er ausführlich über Claudias Odyssee, dann über die Prager Fälle, schließlich sprach er von der Hoffnung, über Claudia an die Verdächtigen heranzukommen.
„Von Herrn Petry habe ich erfahren", fuhr er in seinen Ausführungen fort, „Sie bearbeiteten den Fall eines Apothekers, der sich eine Brücke hinuntergestürzt haben soll."
„Allerdings", erwiderte Molitor. „Als ich von den drei Prager Apothekern Wind bekam, habe ich die Akte wieder aufgerollt. Seinerzeit war ich in Urlaub und hatte mit dem Fall nur wenig zu tun. Die Ermittlungen haben damals meine Kollegen geführt."

Juliette erhob sich, rückte sich den Hocker vor die Schrankwand, stieg hinauf und zog einen Ordner aus der obersten Aktenreihe heraus. René bewunderte ihre wohlgeformten Beine, die sich ihm zum Greifen nah präsentierten.

„Ja, ich glaube schon, dass es wichtig wäre", meinte Karl weiter, „denn, sollte Ihr Fall ebenfalls ein gut getarnter Mord gewesen sein, müssen wir gemeinsam an die ganze Sache herangehen. Wichtig ist, dass wir alle Informationen gegenseitig austauschen."

„Halten Sie es denn für möglich, dass der Arm dieser Verbrecher bis nach Luxemburg reicht?", fragte Molitor zunehmend angespannt.

„Und nach Trier; vergessen Sie den vergifteten Chemiker nicht! Den Vater von Claudia."

„Nein, an den habe ich auch gerade gedacht."

„Übrigens Herr Molitor, Karl ist nur mein Deckname, das habe ich Petry bereits mitgeteilt. Karl, wie der böhmische König Karl IV., Kaiser des Deutschen Reiches. Übrigens war der ein Luxemburger: Sohn von Johann dem Blinden."

„Donnerwetter, Herr Karl, Sie kennen sich aber gut aus in der Luxemburger Geschichte!", lobte René seinen Kollegen.

„Nennen Sie mich doch einfach nur Karl. Ich darf Sie doch auch René nennen, oder?“

„Auch duzen, wenn du möchtest. Ich bin der René.“ Molitor war ganz angetan von seinem Gesprächspartner. Endlich mal einer, der sich in Luxemburger Geschichte gut auskannte!

„Aber gerne, René. Nein, es ist nicht so, dass ich mich in der Luxemburger Geschichte besonders gut auskennen würde, aber dass unser Karl ein Luxemburger war, das weiß hier fast jedes Kind. Seine Mutter war schließlich Elisabeth von Böhmen. Daher.“

„Ach so!“ Molitor hatte verstanden.

„Aber“, fuhr Karl fort, „wenn ich die Gelegenheit bekäme, mir Luxemburg einmal anzuschauen, würde ich bestimmt nicht nein sagen.“

„Mir wäre es eine Ehre, dir meine Stadt zu zeigen. Eine Gelegenheit wird sich bestimmt mal ergeben, besonders jetzt, wo wir zusammenarbeiten.“

„Übrigens, Kommissarin Tina wird Claudia hier bei uns abholen. Sagte mir Petry.“

„Dann pass gut auf beide auf, Tina ist nämlich meine Freundin.“

„Mache ich, versprochen. Ich melde mich bald wieder, bis dann.“

„Bis dann! Äddi Karl.“

Molitor und Juliette schauten sich an. Beide dachten das Gleiche: Sie mussten unverzüglich zur Witwe des Apothekers!

26

Zwei Tage noch, überlegte sich Thomas, *dann wird Claudia zurück sein. Zwei Tage bleiben mir also, die ich nutzen will, um ihr eine Freude zu bereiten. Aber, was hat sie sich eigentlich in letzter Zeit gewünscht …? Ach ja … das Regal sollte ich festdübeln, und die eine Schlafzimmerwand am Kopfende vom Bett hätte sie auch gerne neu gestrichen. Na, sie wird staunen!*

Wenn er das Regal an der Wand befestigen wollte, benötigte Thomas erst einmal eine gute Auswahl an Dübeln. Also kramte er seinen Handwerkerkasten hervor und begann, Ordnung in seine Schrauben und Dübel zu bringen. Er zählte die Löcher des Regals und musste feststellen, dass ihm noch einiges an Material fehlte. Also fuhr er direkt zum Baumarkt. Da er nun schon hier war, deckte er sich großzügig mit allem, was er für nötig erachtete, ein: Glühbirnen, Alleskleber, Schnürsenkeln, Vorratsdosen, Wischmopps und, zu guter Letzt, einem Zollstock. Als er an der Farbenabteilung vorbeikam, blieb sein Blick an einem Sonderangebot haften. Eine Unmenge verschiedener Eimer wurde zum Spottpreis angeboten. Er wählte die Farbe Lila; für zehn Quadratmeter, wie die Tafel informierte, müsste es ausreichen. Dazu nahm er noch eine Lammfellrolle mitsamt Gitter, 20 Meter Band zum Abkleben, einen Pinsel und eine Rolle Abdeckplane. Mit vollem Kofferraum machte er sich auf den Weg nach Hause, wo er gleich alles auspackte und mit der Arbeit begann.

Nach einer guten Stunde Vorbereitungszeit, die nicht benötigten Sachen lagen noch alle herum, war es dann so weit. Er öffnete den Farbeimer und tunkte die Rolle in die Farbe. Ganz akkurat rollte er das satte Lila über das vergilbte Weiß der alten Tapete. Aber gleich mit dem ersten Strich tropfte bereits zu viel Farbe von der Rolle auf den Boden, der gerade an dieser Stelle nicht abgedeckt war. Schnell zog er sein Taschentuch aus der Hose und wischte die kleinen Kleckse ab, vielmehr verwischte er die einzelnen Tropfen zu einem großen Flecken. Und das auf dem neuen Teppichboden! Als er sah, dass es so nicht funktionierte, steckte er das Taschentuch wieder ein und besorgte sich einen feuchten Lappen, ein nagelneues Küchentuch, und rubbelte damit den Teppich ab. Zwar verschwand die Farbe fast ganz, dafür aber sah der Flor arg zottelig aus. *Na,* dachte er bei sich, *wenn es trocken ist, kann ich die Stelle vielleicht mit einer Bürste wieder hinkriegen.*

Mit Verbissenheit rollte er weiter, bis die Farbe vollständig deckte, Streifen um Streifen. Das Resultat konnte sich sehen lassen. Schade nur, dass die Farbe doch nicht ganz reichte; ein guter Quadratmeter unten rechts blieb weiß. Und ausgerechnet dort, wo kein Möbelstück hinpasste, kein Bett, kein Nachttisch, keine Kommode.

Es blieb Thomas nichts anderes übrig, als zurück zum Baumarkt zu fahren und einen weiteren Eimer Farbe zu besorgen. Aber inzwischen war die Farbe Lila nicht mehr vorhanden.
„Von dieser Farbe hatten wir nur den einzelnen Eimer", erklärte ihm der Verkäufer trocken.
Also nahm er einen Eimer der Farbe Brombeere mit, wagte zuhause aber den Farbmix dann doch nicht.

Voll Tatendrang wandte er sich dem Dübeln des Regals zu. Mit Wasserwaage und Malstift zeichnete er sich die exakte Lage der Dübel auf die Wand vor. Und ebenso exakt bohrte er seine Löcher und versenkte darin die Dübel. Kurze Zeit später nahm er die akkubetriebene Bohrmaschine zur Hand und versenkte die Schrauben in die Dübel. Zufrieden rüttelte er an seiner Konstruktion. Sie saß fest, sehr fest. Zu fest.

Denn die Tür des Abstellraums ließ sich nicht mehr schließen. Also hieß es, alle Schrauben wieder zu lösen, alle Dübel wieder herauszunehmen und alle Löcher wieder zu verschließen. Und neu anzufangen. Also fuhr er wieder zum Baumarkt und besorgte sich Acryl und neue Dübel. Und neue Schrauben. Ausreichend Schrauben.

Als er heimkam, plagte ihn der Hunger. Er war so versessen an der Arbeit gewesen, dass er seinen Hunger nicht bemerkt hatte. Also öffnete er den Kühlschrank und wollte sich wie gewohnt bedienen, aber alles, was er vorfand, war nichts als gähnende Leere. Wohl oder übel ließ er den Pizzadienst kommen und setzte sich gefrustet vor den Fernseher.

27

„Wollen wir?“, fragte Inspektor Karl, als er von seinem Telefonat mit seinen Kollegen in Trier zurückgekehrt war.
„Haben Sie vielleicht eine Sonnenbrille für mich?“, wagte Claudia zu fragen.
„Leider nicht, aber so hell ist es draußen nicht.“

Natürlich wollte Claudia die Sonnenbrille nicht wegen der Helligkeit aufsetzen, sondern als Tarnung. Dafür reichte ihr die dunkelblaue Jacke nicht. Die Männer könnten sie wiedererkennen, befürchtete sie.

Karl und Claudia verließen den Verhörraum, folgten einem langen, schmalen Gang und gelangten in ein kleines Parkhaus, in dem die Polizeifahrzeuge abgestellt waren. Einer der Wagen, ein Opel Astra, stand bereits mit laufendem Motor da. Karl machte Claudia ein Zeichen, sie solle auf dem Beifahrersitz Platz nehmen, er selbst nahm auf der hinteren Bank Platz. Die große Beamtin, die die Jacke hereingebracht hatte, stieg ebenfalls ein und der Fahrer fuhr los. Als Claudia etwas sagen wollte, kam Karl ihr zuvor.

„Ja, tut mir leid, aber wir hatten keinen Wagen mit verdunkelten Scheiben zur Verfügung."

Claudia war nicht wohl in ihrer Haut. Obwohl sie im Augenblick unter Polizeischutz stand, befürchtete sie dennoch, von irgendjemand erkannt zu werden und später, vielleicht erst viel später, erneut in Gefahr zu geraten. Doch sie schwieg, denn sie hatte keine Wahl.

Der Wagen verließ das Gebäude und machte sich auf den Weg. Der Fahrer lenkte ihn an der Konditorei vorbei auf eine Brücke.
„Das hier ist nicht die Karlsbrücke, die ist für den Verkehr gesperrt, wir werden aber auf der anderen Flussseite wieder den Weg weiterverfolgen, den Sie heute Morgen gelaufen sind."

Noch spürte Claudia keine Gefahr, sobald sie aber die ihr bekannten Gassen und Gässchen erreichen würden, was wäre dann?

Nach zwei Kurven erreichten sie bereits den anderen Brückenkopf. Ab hier erkannte sie wieder einiges. Ihre Aufmerksamkeit stieg. Langsam fuhr der Wagen weiter die Anhöhe hinauf, bog mal rechts, mal links ab

„Sie müssen uns sofort sagen, wenn Sie etwas wiedererkennen! Sofort!", ermahnte Inspektor Karl sie eindringlich und betonte: „Es ist sehr, *sehr* wichtig, dass Sie sich frühzeitig melden."

„Ja", antwortete sie. „Das eine oder andere habe ich wiedererkannt, sonst aber nichts."

„Dann fangen wir eben von Neuem an", meinte Karl.

Er gab dem Fahrer einen Befehl auf Tschechisch. Dieser wendete den Wagen und begann, die Fahrt ab der Uferstraße zu wiederholen.

„Hier erkenne ich das Kopfsteinpflaster … glaube ich wenigstens …", sagte Claudia zaghaft.

„Das, wie gesagt, habe wir noch an vielen Stellen hier in der Stadt. Erkennen Sie vielleicht Häuser oder andere Details?"

„Da, schauen Sie!" Claudia zeigte mit dem Finger auf ein Haus. „Da sind die grünen Fensterläden."

„Dann sind Sie hier vorbeigelaufen. Von wo kamen Sie da?"

„Ich glaube von links."

„Mist, das ist eine Einbahnstraße!" Karl gab dem Fahrer einen Befehl. Der Opel umfuhr ortskundig das Hindernis bis in die angegebene Straße.

„Nein, hier war ich nicht."
Also zickzackte der Wagen weiter durch die vielen kleinen Straßen.
„Doch, Moment!" entfuhr es Claudia. „Hier, hier erkenne ich diese große Bronzetür wieder!"
„Sehr gut. Können Sie mir denn auch noch sagen, wie lange Sie in etwa gebraucht haben, um bis hierhin zu laufen?"
„Keine Ahnung. Ich war so in Panik, das können Sie sich doch vorstellen. Ich werfe sowieso grad alles durcheinander, ich weiß wirklich nicht mehr, was ich wann gesehen habe."
Karl schwieg einen Augenblick.
„Nicht so schlimm", murmelte er dann. „Wir werden die Punkte, die Sie wiedererkennen alle auf einem Stadtplan markieren und können so Ihren Weg bestimmt rekonstruieren. Bleiben Sie also aufmerksam."

Mit einem Mal stutzte Claudia. „Hier!", rief sie, „das hier ist das Tor, durch das ich gelaufen bin! Das hier war es und kein anderes! Ich bin ganz sicher!" Zwei Männer standen davor, sie sahen sich den vorbeischleichenden Wagen mit Argwohn an. Claudias Augen weiteten sich vor Angst. *Sind das die Männer, die mich hierhin gebracht haben? Haben die mich er-*

kannt? Blitzschnell drehte sie den Kopf in die andere Richtung. Aber zu spät. Im Vorbeifahren sah Karl, wie einer der Männer auf den Wagen zeigte.

Karl bellte einen Befehl. Der Fahrer gab Gas und steuerte auf dem schnellsten Weg den Wagen zurück zum Präsidium. Es wurde kein Wort mehr gesprochen.

Im Präsidium betraten Inspektor Karl, die Beamtin und Claudia wortlos einen leicht abgedunkelten Raum und nahmen vor einer weißen Projektionswand Platz. Karl schien schwer verärgert. Der Fahrer kam zwei Minuten später nach und brachte ein kleines Gerät mit. Dieses schloss er an eine bereits installierte Apparatur an. Zwei Filme konnten auf diese Weise parallel auf der Leinwand ablaufen.
„Nun schauen Sie genau zu!“, ermahnte Karl Claudia, während die Filme starteten

Auf dem linken Streifen war Claudia zu sehen, auf dem rechten die Straßen, durch die der Wagen gelenkt worden war. Jede Reaktion Claudias, selbst die kleinste, war deutlich zu erkennen. *Wo hat sich denn diese Kamera überhaupt befunden? Ich habe nichts davon bemerkt!,* dachte sie irritiert.

„Hier sind die grünen Fensterläden. Sehen Sie Ihre Reaktion?“, fragte Karl.
Claudia war sprachlos. Alles hatte man aufgezeichnet, ohne dass ihr Einverständnis eingeholt worden war. *Dürfen die das überhaupt,* dachte sie empört, wagte aber nicht, diese Frage laut zu stellen.

Der Film lief weiter. Die Bronzetür kam ins Bild und Claudias Reaktion darauf. Dann entstand eine gespannte Pause, denn der Schluss des Films nahte. Man sah, wie der Wagen sich den beiden Männern langsam näherte und diese erst keine Notiz davon nahmen.
„Sehen Sie, Claudia, hätten Sie rascher reagiert auf die zwei, dann wären wir vorher abgebogen oder einfach ein wenig schneller gefahren, um keine Aufmerksamkeit zu erregen. Es ist Ihre eigene Schuld, dass Sie erkannt wurden. Jetzt kann ich für nichts mehr garantieren.“

28

Die rege Aktivität, die gestern in der Metternichstraße geherrscht hatte, war dem Pharma-Chef Bernd Albers nicht entgangen. Ausgerechnet vor seiner Haustür musste ein Transporter umgeladen werden, ausgerechnet vor seiner Tür hoben Leute einen Graben aus, ausgerechnet vor seiner Tür schleppte man einen vorschriftsmäßig geparkten Kleinwagen, der zuvor auch noch geöffnet wurde, ab. Und am Nachmittag war nebenan bei dem Großhändler viel Betrieb gewesen. *Schön für den Herrn Lehmann, gerade in einer Zeit, in der so viele Firmen ums nackte Überleben kämpfen.*

Zum Glück ist es heute etwas ruhiger, dachte er sich. *Nur am Graben arbeiten die noch. Aber, was machen die da eigentlich? Niemand der Anlieger hat schließlich irgendeine Störung bemerkt. Wenigstens hat niemand von den Nachbarn Bescheid gegeben.* Als die Männer von der Pause, die sie in ihrem Wagen verbracht hatten, zurück in den Graben stiegen, wollte Albers Gewissheit haben, um welche Arbeiten es sich da handelte. Er verließ seinen Beobachtungsposten, sprich Arbeitszimmer, nahm den Fahrstuhl bis ins Erdgeschoss, überquerte den Hof und schließlich die Straße. Sehr nahe an die Baustelle wagte er sich nicht, denn der Aushub war feucht und hätte seine teuren Schuhe verschmutzt. So konnte er nicht genau sehen, woran die Männer arbeiteten. Jedenfalls hatten sie viele Geräte dabei.

Albers grüßte sie freundlich. „Guten Tag die Herren, Albers ist mein Name, als Anwohner wollte ich wissen, welches Problem wir hier in der Straße haben."
Erschrocken schauten die angeblichen Arbeiter hoch. Den Beamten musste schnell eine glaubhafte Antwort einfallen.
„Herr Albers, Sie sind also ein Anwohner ...?", entgegnete einer von ihnen, nur um Zeit zu schinden.
„Ja, hier, gleich gegenüber, das ist meine Firma."
„Und Sie haben nichts bemerkt?"
„Was soll ich bemerkt haben?"
„Gasgeruch. Und mit Gas ist nicht zu spaßen. Wir suchen nach einem Leck, haben es aber noch nicht gefunden." Das klang schon einmal nicht schlecht.
„Und, wie suchen Sie das Leck, ich meine womit?" Albers ließ nicht locker.
„Wir haben mit unseren Geräten die ganze Straße abgesucht, hier hat das Gerät angeschlagen, und hier schauen wir nach, wo sich das Leck befindet, um es abzudichten."

„Ich habe nie etwas gerochen." Albers war sich ganz sicher.
„Zum Glück", schwindelte der Beamte, „denn dann wäre die Gefahr nämlich noch größer gewesen. Im Augenblick fahren wir die Gasleitung auf Niederdruck, da kann nichts passieren, und unsere Messgeräte erschnüffeln auch die kleinste undichte Stelle."
„Na, dann suchen Sie mal schön weiter." Albers war beruhigt. „Wenn Sie irgendetwas benötigen, können Sie gerne zu uns rüberkommen. Schönen Tag noch!"

Als Albers sich wieder zu seiner Firma begab, trocknete sich der Beamte den Schweiß von der Stirn. *Hoffentlich hat er die Kröte geschluckt,* dachte er und informierte unverzüglich seinen Vorgesetzten über den Zwischenfall.

29

Nun war es nicht so, dass Juliette absichtlich dem Chef ihre schönen Beine präsentieren wollte. Nein, sie wollte ihm nur zuvorkommen und unaufgefordert die Akte Weimerskirch aus dem Regal holen und auf den Schreibtisch legen. Auf solch spontane Hilfestellungen hatte sie sich bereits spezialisiert und jedes Mal Molitor mit ihrer Schnelligkeit und ihrer Initiative überrascht. *Fixes Mädchen,* dachte er mit einem anerkennenden Blick, *die besitzt eine blitzschnelle Auffassungsgabe, mit der ist gut arbeiten. Schön, dass sie noch bei uns bleibt.*

Molitor blätterte noch einmal die Akte durch, um sich alle festgehaltenen Einzelheiten wieder ins Gedächtnis zu rufen. In der Tat, ein Motiv für einen Selbstmord war schwer zu erkennen. Aber mittlerweile waren bereits Monate vergangen, und die Sache ließe sich heute vielleicht in einem anderen Licht betrachten. Die Rechtsmedizin in Homburg hatte die Autopsie vorgenommen, denn weder in Luxemburg noch in Trier befand sich eine solche Institution. Alle Papiere darüber waren ebenfalls vorhanden. Aber auch daraus ließ sich nichts Konkretes schließen. Die

Fahrt zur Witwe schien unvermeidlich. Also meldete Juliette den Besuch telefonisch an.

Eine schmale, blasse Frau mit unübersehbarem Babybauch öffnete ihnen die Haustür und ließ sie eintreten.
„Bonjour Madame Weimerskirch." René stellte sich und Juliette vor.
„Kommen Sie bitte herein, Commissaire, aber machen Sie es kurz. Folgen Sie mir." Sie führte ihren Besuch in ein großes, prunkvoll eingerichtetes Wohnzimmer und deutete auf die Sitzgarnitur. Schweigend setzte sie sich auf eine Lehne, bot ihrem Besuch aber nichts an. Eine unangenehme Stille entstand, die Molitor zu überspielen versuchte.
„Schön haben Sie es hier, Madame."
„Das hilft mir jetzt alles nichts mehr. Im Gegenteil, jedes einzelne Stück erinnert mich schmerzvoll an meinen Mann."
„Erzählen Sie uns von ihm. Wie er so war, ob er Pläne hatte. Oder war er eher depressiv?"
„Mein Mann depressiv? Wo denken Sie hin, Commissaire! Er war ein guter Sportler, hatte sich bei verschiedenen Wettkämpfen angemeldet. Wir hatten einen Urlaub gebucht, wir wollten im Roten Meer tauchen, und er hat versucht, Karten für ein Konzert

von Lang Lang zu ergattern. Er hatte so viele Pläne …!"

Molitor erinnerte sich, in den Unterlagen gelesen zu haben, dass diese Frau bei seinen Kollegen im Verdacht stand, ihrem Mann das Leben schwer gemacht zu haben. Danach sah es aber wirklich nicht aus.

„Haben Sie ihn zu den Wettkämpfen begleitet?" Molitor versuchte, hier vielleicht einen Ansatzpunkt für einen Konflikt zu finden. Aber die Antwort verblüffte ihn.

„Aber selbstverständlich, Commissaire, kommen Sie, ich zeige Ihnen einige Fotos! Schauen Sie, hier kam mein Mann als Zweiter ins Ziel." Es war das Bild eines sich küssenden Paares. „Und hier massiere ich ihm die Schultern. Und das ist … das war seine Taucherausrüstung."

„Madame", Molitor wählte einen anderen Ton, „erinnern Sie sich noch an die Fragen meiner Kollegen, nach der, nach dem ..."

„Angeblichen Selbstmord, meinen Sie? Ich sage es Ihnen gleich: Es war kein Selbstmord!"

„Daran ermitteln wir ja gerade."

„Commissaire, damals war ich so durcheinander! Regelrecht geschockt. Das müssen Sie verstehen, Ihre Kollegen habe ich aus dem Haus geworfen wegen ihrer impertinenten, unverschämten Fragen! Intimes wollten die wissen, finanzielle Angelegenheiten, nach einem Testament haben sie gefragt, da war mein Mann noch nicht einmal beerdigt. So etwas geht doch nicht!"

Molitor war peinlich berührt; irgendwie musste er die Situation retten.
„Madame, darf ich Sie im Namen meiner Kollegen um Entschuldigung bitten? Ich werde dieses ungehörige Verhalten an die Direktion weiterleiten."

Madame Weimerskirch ließ sich von der Lehne in den Sessel gleiten und begann zu weinen. Juliette kam zu ihr, legte ihr den Arm um die Schultern und flüsterte ihr zu: „Sie haben sich bestimmt sehr geliebt. Freuen Sie sich auf Ihr Kind, Ihr beider Kind, das wird für Sie bestimmt das schönste Andenken an Ihren Mann sein!"
Die Witwe nickte. Juliette schluckte.

Molitor wartete, bis die junge Frau sich wieder im Griff hatte. Dann erst fragte er nach eventuellen beruflichen Schwierigkeiten.
„Da hat es mal einen Vorfall gegeben. In der Apotheke, als mein Mann allein war. Ein Paar hatte ihn aufgesucht, ich weiß nicht warum. Er hat es mir

auch nicht gesagt, aber ich merkte ihm gleich an, dass er in Schwierigkeiten steckte."

„Madame", fragte Molitor weiter, „haben Sie dieses Paar gesehen?"

„Commissaire, gesehen habe ich die Leute leider nur von hinten, als ich von meinen Einkäufen heimkam. Da standen sie in der Apotheke, mein Mann hinter dem Tresen, die beiden davor. Ich weiß nur, dass die Frau ein gutes Stück größer als der Mann war. So etwas fällt einem ja gleich auf."

„Können Sie mir denn sagen, Madame Weimerskirch, an welchem Wochentag die beiden Ihren Mann aufgesucht haben?"

„Ja. Commissaire, das weiß ich noch genau. Es war ein Samstag, denn ich war voll bepackt vom Markt heimgekehrt. Das waren zehn Tage vor seinem Tod."

„Und seit diesem Besuch wirkte er bedrückt?", fragte Juliette.

„Ja, das kann man wohl sagen. Leider wollte er mich da wohl heraushalten. Sonst könnte ich Ihnen heute vielleicht bessere Anhaltspunkte mitteilen."

„Haben meine Kollegen seinerzeit denn nicht nach beruflichen Problemen gefragt?"

„Von dem Besuch habe ich denen nichts erzählt, so unverschämt, wie die waren."
„Madame, das wäre aber wichtig gewesen", tadelte Molitor sie.
„Mag sein, aber ich wollte nichts mehr mit ihnen zu tun haben und habe trotzig alle weiteren Fragen abgeblockt."

Eigentlich hatte der Commissaire keine Fragen mehr an die Frau, er sah bereits klar in dem Fall, doch widerstrebte es ihm, sie jetzt mit all ihren Emotionen alleine zu lassen.
„Wer kümmert sich eigentlich um Sie?", fragte er mitfühlend.
„Manchmal kommt meine Schwester vorbei, und eine junge Verkäuferin macht mir schon mal Besorgungen."
„Und die Apotheke, was geschieht mit der?"
„Die hat ein Apotheker übernommen, ich bin ja nicht vom Fach, ich kann das nicht. Aber für mich hat mein Mann finanziell gesorgt, machen Sie sich da mal keine Sorgen."

Molitor hielt der Frau die Hand hin. „Dann, Madame, verabschieden wir uns von Ihnen und danken

Ihnen herzlich, dass Sie uns so bereitwillig unsere Fragen beantwortet haben."
Madame Weimerskirch verabschiedete sich von ihm mit einem festen Händedruck.
„Finden Sie die Mörder meines Mannes, das sind Sie seinem Kind schuldig."

Juliette reichte der Frau ebenfalls die Hand. „Wird es ein Junge oder ein Mädchen?"
„Ein Mädchen, ich freue mich darauf. Ich werde sie Alina nennen. Das, finde ich, ist ein hübscher Name, besonders weil er aus denselben Buchstaben besteht wie Alain, der Name meines Mannes. Wenn sie geboren ist, in zwei Monaten etwa, gebe ich Ihnen Bescheid."
„Madame Weimerskirch, ich werde Sie besuchen kommen."
„Darauf freue ich mich, Madame la Commissaire, kommen Sie gut nach Hause. Bis bald."

Auf der Heimfahrt hatten beide Kommissare einen Kloß im Hals. Sie sprachen nur wenig miteinander, jeder ging seinen eigenen Gedanken nach. *Was wollte das Paar von dem Apotheker, und weshalb hat er nicht mit seiner Frau darüber gesprochen? War er sich einer Gefahr bewusst? Und: Woher kamen die Besucher?*

Molitor setzte sich gleich nach der Rückkehr an seinen PC und verfasste seinen Bericht. Eigentlich verfasste er zwei Berichte; den ersten für den Direktor der Polizei. In diesem berichtete er über die Befragung der Witwe. In einem gesonderten Brief an seinen Chef regte er eine eingehendere psychologische Schulung für Kriminalanwärter im Umgang mit Angehörigen an. Einen zweiten Bericht fertigte er für die deutschen Kommissare an, in welchem er das Hauptaugenmerk auf die augenscheinlich intakte Ehe des Apothekers legte. Auch ging er auf die beruflichen Schwierigkeiten ein, die nach dem Besuch des unbekannten Paares in der Apotheke aufgetreten waren, außerdem dass es keine Zeugen für diesen Besuch gab. Diesen Bericht mailte er Tina und Pif nach Trier mit dem Betreff: „Könnt ihr euch einen Reim darauf machen?"

30

„Was machen wir jetzt mit Ihnen?“ Inspektor Karl blickte Claudia sorgenvoll an.
„Sie dürfen das Gebäude nicht mehr verlassen, bis Sie abgeholt werden. Dann bringen wir Sie zum Flughafen. Alles andere wäre zu gefährlich für Sie.“
„Ist es denn so schlimm hier in Prag?“, fragte Claudia verängstigt.
Diese Frage brachte Karl in Bedrängnis. Einerseits wollte er die junge Frau nicht noch mehr beunruhigen, andererseits stellte dieser Fall keine Kleinigkeit dar; sollten wirklich fünf Morde begangen worden sein, so galt es, äußerste Vorsicht walten zu lassen.
„Nicht schlimmer als sonst wo“, versuchte er, sie zu beschwichtigen, „aber es ist immer besser vorsichtig zu sein. Schließlich scheinen die zwei Männer Sie erkannt zu haben.“
„Ja, aber wie soll das gehen? Ich habe ja nicht einmal eine Zahnbürste dabei … und keine Wäsche zum Wechseln, kein Make-up, nicht mal einen Kamm!“
Karl versuchte, Claudia zu beruhigen. „Ich werde Ihnen jemand schicken, mit der Frau können Sie alles besprechen. Das größere Problem ist Ihre Unterbringung, wir sind schließlich kein Hotel. Ich kann

Ihnen nur eine der drei Arrestzellen anbieten. Und etwas zu essen kann ich Ihnen bestellen."

In Sicherheit bin ich, dachte Claudia, *aber um welchen Preis? Der Inspektor will kein Risiko eingehen, und ich will nicht in Gefahr geraten.* Ohne rechte Begeisterung willigte sie ein.
„Es gibt aber noch ein anderes Problem: Die Türen der Zellen lassen sich nicht von innen schließen, nur von außen."
Nein, nicht auch das noch!, dachte Claudia.
„Sie können aber wählen, ob Ihre Tür verschlossen werden soll oder nicht. Schließlich befinden Sie sich ja nicht in Gefangenschaft."
„Aber in einer sehr unangenehmen Lage!"
„Das haben Sie sich selbst zu verdanken, Frau Mohr. Vergessen Sie das nicht."
Verschämt senkte Claudia den Blick.
„Aber, ich habe auch eine gute Nachricht für Sie", versuchte Karl, die Situation zu retten, so gut es eben möglich war. Er kramte in seiner Hosentasche und zog ihren Autoschlüssel heraus. „Sie hatten recht, die Wirtin haben wir mit Ihrem Schlüssel in der Hand drei Straßen weiter aufgegriffen. Es sah ganz danach aus, als sei sie auf der Suche nach Ihren

Wagen gewesen. Eine Diebstahlabsicht allerdings können wir ihr nicht nachweisen."

Claudia steckte den Schlüssel ein. „Vielen Dank." Für sie war der Wagenschlüssel allerdings nur ein schwacher Trost.

Eine junge Beamtin betrat das Büro. Mit ihr besprach Claudia, was sie benötigte und auch, was sie sich zum Abendessen wünschte, denn bis jetzt hatte ja nur Brot auf dem Speiseplan gestanden. Aber ihr war ohnehin der Appetit vergangen.

„Kann ich vielleicht ein Buch haben, oder Zeitschriften, irgendetwas zu lesen?"

„Da muss ich einmal nachschauen", meinte die Beamtin, „aber ich glaube nicht, dass wir etwas in deutscher Sprache haben."

Die Arrestzelle war klein. Eine harte Pritsche, ein Klo, ein kleines Waschbecken, ein Tisch und ein Stuhl waren die einzigen Einrichtungsgegenstände. Viel mehr Platz bot der Raum auch nicht. Licht spendete ein vergittertes Fensterchen hoch oben an der Wand. *Nein, einsperren lasse ich mich nicht auch noch,* dachte sie, *die Tür bleibt diese Nacht offen. Wenigstens das.*

Keine drei Stunden später bereute sie allerdings ihre Entscheidung. Sie war mit dem Notwendigsten versorgt worden, Mineralwasser und Obst inklusive, hatte sich zum Schmökern alter Nachrichtenmagazine auf ihr spartanisches Bett gelegt, als ein Randalierer eingeliefert wurde. Dieser veranstaltete einen Riesenkrach und entwischte seinen Bewachern mehrfach.

Claudia fuhr angsterfüllt hoch. Ihr Herz begann zu rasen. *Hoffentlich kommt der nicht zu mir herein! Ich hätte mich doch besser einschließen lassen sollen.*

So verbrachte Claudia eine äußerst unruhige Nacht.

31

Als Thomas morgens aufwachte und sein Durcheinander mit verquollenen Augen betrachtete, überwältigte ihn das heulende Elend. Seine Einkäufe standen immer noch herum, die Pizzaschachtel lag auf dem Wohnzimmertisch, an der Wand im Schlafzimmer prangte noch immer der große weiße Fleck, das Geschirr stand in der Küche, und zwar auf der Spülmaschine, nicht darin. Das konnte er Claudia unmöglich zumuten.

Aber alles selber aufräumen? Wo soll ich da anfangen? Claudia ist mir immer auf die Nerven gegangen mit ihrem Ordnungssinn, mit ihrer Herumräumerei. Aber, wie heißt es so schön: ‚Wer Ordnung hält, ist zu faul zum Suchen'. Ich würde mich ja, so wie es jetzt hier aussieht, noch sehr gut zurechtfinden, sie allerdings würde die Krise bekommen. Irgendwie muss ich für Ordnung sorgen, aber, wie macht man das? Gezeigt hat sie es mir jedenfalls nicht.

Thomas kam plötzlich eine Idee, die er für blendend hielt: Er rief Rosi, Claudias Mutter an. Natürlich nicht, ohne sich eine sehr glaubwürdige Ausrede einfallen zu lassen.

„Du, Rosi", begrüßter er sie, „gestern ging es mir ziemlich schlecht, es tut mir so leid, aber mir ging alles daneben; ich hatte wenig Zeit, habe mein Bestes gegeben, aber ich wurde leider nicht fertig mit der Arbeit. Wegen der heftigen Bauchschmerzen."
„Und wie fühlst du dich heute?" Rosi war gleich mitfühlend. „Hast du etwas Schlechtes gegessen?"
„Keine Ahnung, aber heute geht es zum Glück schon besser."
„Hast du dich erbrochen oder Durchfall gehabt?"
Thomas war auf dem falschen Fuß erwischt. „Äh ... na ja, es geht schon wieder ..."

Leider konnte Thomas nicht sehen, wie Rosi, die mittlerweile ihren zukünftigen Schwiegersohn durchschaute, schmunzeln musste.
„Jetzt, wo Claudia gerade mal eineinhalb Tage nicht alles hinter dir aufräumt, ist mittlerweile wohl das Chaos ausgebrochen. Stimmt's?"
„Aber, wo denkst du hin?", antwortete Thomas. „Überhaupt nicht. Na gut, einige Sachen liegen noch herum, aber gestern hatte ich mir einfach zu viel zugemutet. Das Schlafzimmer habe ich gestrichen, das Regal montiert, Einkäufe erledigt. Da kann man, neben dem Studium, schließlich auch mal überfordert sein."

Rosi, die sich das Chaos bereits gut vorstellen konnte, schlug Thomas vor:
„Komm mich abholen, ich helfe dir. Du weißt, ich fahre den großen Wagen nicht gerne, übrigens habe ich den so gut wie verkauft."
„Hast du gut gemacht. Ich schwinge mich ins Auto und hole dich in zehn Minuten ab."

Eine halbe Stunde später schaute sich Rosi die Wohnung an. Die Familienmutter war klug genug, um nicht gleich in Vorwürfe zu verfallen.
„Hier, komm mal schauen", forderte Thomas seine zukünftige Schwiegermutter auf, „das hier ist mein größtes Problem." Als Rosi das Schlafzimmer betrat, musste sie innerlich schmunzeln. *Der Junge hat es gut gemeint.*

„Du weißt doch bestimmt, dass Claudia heute oder spätestens morgen wieder heimkommt?", bemerkte Rosi vorsichtig.
„Ach, Rosi, darum benötige ich ja gerade deine Hilfe. Sag Claudia aber bitte nichts davon."
„Natürlich nicht. Komm, Thomas, an die Arbeit. Du kümmerst dich erst mal um das Regal. Danach räumst du alle deine Handwerkssachen schön ordentlich weg."

„Aber, Rosi“, fragte Thomas unsicher, „was machen wir mit dem Schlafzimmer?“
Rosi begutachtete die Wand und überlegte.
„Ich hatte noch einen Eimer Farbe gekauft, leider ist es nicht dieselbe Farbe. Sie hat die Farbe Brombeere“, ergänzte Thomas.
„Hm“, meinte Rosi. „Ich hätte da eine Idee. Lass mich mal machen.“

Eine gute Stunde später stand das Regal gedübelt an der Wand, und Rosi rief Thomas ins Schlafzimmer. Sie hatte mit der Brombeerfarbe rechts und links einen breiten senkrechten Streifen gemalt. Der Schandfleck war nicht mehr zu sehen.
„Jetzt braucht ihr nur noch zwei schöne Bilder in die Mitte zu hängen und passende Bettbezüge zu besorgen, und schon ist das Bild perfekt! Die spendiere ich euch.“

Woher kommt eigentlich der schlechte Ruf der Schwiegermütter?, dachte Thomas. *Rosi jedenfalls ist ein Goldschatz.*

„Und“, meinte Rosi weiter, „sollte Claudia noch einen solchen Streifen unter der Decke schön finden, dann weißt du ja, wie es geht.“ Sie zeigte auf Thomas‘ Baumarkteinkäufe. „Und nun räumst du das Zeug hier alles auf, und ich kümmere mich um den Rest. Aber, bitte ordentlich! Und deine Hose hat auch etwas abgekriegt, da, an der Tasche. Die musst du bald in die Waschmaschine stecken.“

Kannst du mir sagen, wie die funktioniert?, dachte Thomas ein wenig hilflos. *Na ja, aber so blöde bin ich nun auch wieder nicht, wär ja gelacht, wenn ich das nicht hinbekomme …*

Zur Sicherheit stellte er den Kochwaschgang ein und füllte gleich fünf Kapseln Vollwaschmittel in die Trommel.

32

In seinem Büro in der Trierer Salvianstraße starrte Petry gebannt auf den Bildschirm.
„Tina, das musst du dir einmal anschauen!", rief er erstaunt aus, „das ist ja unglaublich!"
Als Tina die Mail von René gelesen hatte, meinte sie: „Da hat man dann alte Fälle zu den Akten gelegt, weil man glaubt, sie wären gelöst, und dann kommt so etwas! Echt unfassbar!"
„Tina, ich glaube", sagte Pif vorsichtig, „wir sind noch lange nicht am Ende der Fahnenstange. Wenn dieser Luxemburger Apotheker wirklich umgebracht wurde, so müssen wir unter Umständen umdenken."
„Der hatte also den Besuch eines Paares. Eines Paares, bei dem die Frau größer war als der Mann."
„Und genau ein solches Paar hatten wir auch hier in der Metternichstraße!", fasste Pif zusammen.
„Das habe ich nicht vergessen, lieber Pif", konterte sie, „aber, die beiden sind hierzulande unbekannt. Wenigsten operieren sie ohne Zeugen. Wir müssen nur herausfinden, woher die stammen."
„Die können von überall herkommen."
„Wie meinst du das, Pif?"

„Ganz einfach, dann läge eventuell unser Fall Mohr nicht mehr in unserem nationalen Bereich. Wenn du mich fragst, müssen wir die Lösung unseres Mordfalls Mohr überhaupt nicht mehr im Inneren der Firma Baco suchen, sondern wir müssen die ganze Sache in irgendeinem internationalen Zusammenhang vermuten."

„Pif, lehnst du dich da nicht ein bisschen zu weit aus dem Fenster heraus?"

„Tina, das glaube ich kaum." Er blätterte in den Ergebnissen der vergangenen zwei Tage.

„Nun schau mal, nach drei Wochen Ermittlungen hatten wir noch nie ein so mageres Ergebnis." Dann zählte er auf. „Den oder die Mörder vom Mohr haben wir nicht, und die Mörder der Portugiesin hat René auch noch nicht."

„Aber immerhin", meinte Tina, „hegen wir einen erheblichen Verdacht. Und die Firma Baco ist immer noch mitten im Geschehen drin."

„Aber, keinem von denen können wir irgendetwas nachweisen."

„Pif", widersprach Tina, „immerhin ist Mohrs Tochter aus dieser Firma entführt worden."

„Aber ohne das Wissen der Männer; und immerhin wurde sie bis nach Prag gefahren. Tina, vergiss das

nicht. Daraus können wir den Baco-Leuten keinen Strick drehen."
„Natürlich nicht."
Pif blätterte weiter. „Hier ist der Bericht des ersten Überwachungstages dieser Trierer Firma."

Tina nahm das Blatt und überflog den Text. „Der weiße Ford Transit wurde wirklich nur für Lieferungen in Trier und der näheren Umgebung eingesetzt. Wir haben bei den Belieferten nachgesehen. Es handelte sich nur um die Produkte, die in der Firma Baco hergestellt werden, das Analgetikum ExdoloD, den Cholesterinsenker CholexD und das Schlafmittel LunaD, allesamt zugelassene Generika für den deutschen Markt. Alles vollkommen in Ordnung. Und Besucher gab es keine."

Sie blätterte weiter in den Berichten der verdeckten Ermittler.
„Aber hier, der Zwischenfall mit den Stadtwerken. Können wir davon ausgehen, dass der Albers wirklich keinen Verdacht geschöpft hat?"
„Schwer zu sagen", meinte Pif. „Das werden die nächsten Tage zeigen. Ab morgen dichten drei unserer *Arbeiter* bei der Nachbarfirma den Giebel ab und streichen ihn neu. Habe ich mit den Leuten und na-

türlich mit dem Nachbarn so vereinbart. Das wird schon mal einige Tage in Anspruch nehmen. Bis dahin wissen wir hoffentlich mehr. Den Graben schütten die Leute jedenfalls morgen wieder zu."
„Ja", argumentierte Tina, „aber nachts, ich meine, die nächtliche Überwachung ist doch viel wichtiger."
„Die habe ich ebenfalls veranlasst. Da liegen unsere Leute mit Nachtsichtgeräten im Gestrüpp. Die haben schon ihr Quartier bezogen."
„Was erwartest du dir denn noch von dieser Überwachung?"
„Tina, ich erhoffe mir, dass noch irgendetwas von außen heraus geschieht. Irgendetwas, womit wir noch nicht gerechnet haben. Schließlich war bereits ein Lieferwagen von Prag in der Firma. Wer weiß, vielleicht taucht der noch einmal auf. Dann greifen wir natürlich zu."

„Na dann!", meinte Tina. „Wann geht eigentlich meine Maschine nach Prag?"
„Gleich morgen früh, um acht Uhr, glaube ich. Hier ist dein Ticket."
Pif griff in die oberste Schublade seines Schreibtischs und reichte Tina die Dokumente. „Zwei Maschinen fliegen täglich nach Prag, die erste bringt dich hin,

die zweite bringt euch zurück. Du hast Reihe 8, Platz A, einen Fensterplatz auf dem Hinflug, dieselbe Reihe 8 und die Plätze A und B auf der Rückreise. Abgeholt wirst du von einem Beamten, den du an seiner karierten Kappe erkennen wirst."

„Gut. Dann werde ich mal nach dem komischen Vogel Ausschau halten; aber sehr originell finde ich das nicht, Pif. Sherlock Holmes lässt grüßen." Tinas Ironie war nicht zu überhören.

Sie holte Claudias Rucksack hervor.

„Den nehme ich dann mit. Inspektor Karl scheint mir ja ein ganz schöner Pedant zu sein. Dass die junge Frau nur mit ihren Papieren ausreisen darf! Eine Identitätsprüfung unsererseits hat anscheinend keine Gültigkeit." Tina ärgerte sich.

„Nun sei doch nicht gleich beleidigt, Mädchen! Wenn Tschechien solche Bestimmungen erlässt, dann haben wir uns eben daran zu halten."

„Machen wir ja auch, aber ich persönlich sehe darin noch viel Unsicherheit im Umgang mit der Demokratie und dem Vertrauen in die westlichen Kollegen."

„Tina, ich glaube, da irrst du dich."

„Wie dem auch sei, Pif ... na ja, vielleicht können wir das überhaupt nicht beurteilen."

Ach übrigens, Tina, bevor ich es vergesse: Park deinen Wagen in der Tiefgarage vom Findel. Bei deiner Ankunft in Prag holen dich dann die dortigen Kollegen ab und bringen euch später bis ins Flugzeug. Aber sei bitte vorsichtig!"
Tina schaute Petry groß an. „Wie bist du denn drauf, Pif? In Prag habe ich doch nur mit Kollegen zu tun, im Flugzeug weiß keiner Bescheid, und ehe ich auf der Luxemburger Autobahn bin, ist es bereits dunkel. Was soll mir da noch groß geschehen?"
„Mit einem so auffälligen Wagen, wie du ihn fährst? Na dann! Gute Reise und dein Wort in Gottes Gehörgang!"

„Jetzt reicht es aber, Pif! So hab doch endlich mal ein bisschen Vertrauen in meine Fähigkeiten!"
Mädchen, überschätze dich nicht, dachte Pif, *hoffentlich läuft alles gut!*

Sie schwang sich in ihren feuerwehrroten Corrado und fuhr nach Luxemburg, wo sie beabsichtigte, mit ihrem Chéri einen schönen Abend und eine Liebesnacht zu verbringen. Den Flughafen würde sie am darauffolgenden Morgen von Luxemburg aus sogar noch schneller anfahren können.

Unterwegs ärgerte sie sich immer noch über ihren Chef. *Dieser Schwarzmaler, dieser Pessimist, kennt der mich denn immer noch nicht? Warum unterschätzt er mich dauernd?* Sie hoffte, bald auf andere Gedanken zu kommen.

In Renés Wohnung wartete Tina eine gefühlte Ewigkeit auf René. Sie wurde immer ungeduldiger. Schließlich rief sie ihn im Büro an.
„Chéri, wann kommst du endlich nach Hause?“, flüsterte sie voller Sehnsucht in den Apparat, als abgehoben wurde.
„Tina, du?“, grüßte Juliette. „Hallo! Moment, ich gebe dir den Commissaire.“
„Chérie, schön, dass du anrufst, ich mache bald Feierabend. Wo bist du?“
„Ich, mein Lieber“, antwortete sie ungehalten, „warte bereits seit einer geschlagenen Stunde auf dich! Wann kommst du endlich nach Hause?“
„Ich beeile mich ...“

Aber Tina hörte nur noch mit halbem Ohr zu. Zu groß war ihre Enttäuschung, und die Gedanken schwirrten nur so in ihrem Kopf herum. *Sitzt die immer noch in seinem Büro? Was läuft da zwischen den beiden? Zwei ganze Wochen lang hat er sich nicht gemeldet, außer den beruflichen Kontakten natürlich. Bin ich etwa schon abgeschrieben?*

René erschien mit einem großen Strauß roter Rosen und wollte Tina zur Begrüßung küssen. Doch Tina wehrte ab.

„Rote Rosen, was soll das denn? Hast du etwas gutzumachen?"

René verstand nichts mehr von der Welt.

„Warum zickst du so rum?", fragte er sie schließlich.

„Na, ihr beiden?", motzte Tina. „War es schön für dich, heute den ganzen Tag mit deiner Juliette zusammenzuarbeiten?"

„Ach, daher weht der Wind! Meine Tina ist eifersüchtig!"

Trotzig drehte sie sich um, aber er erwischte sie noch an der Taille und wirbelte sie zu sich herum. Den anderen Arm legte er ihr zärtlich um die Schultern und drückte sie fest an sich. Ehe Tina sich versah, küsste er sie.

„Tina, nun sei nicht albern." René lockerte seine Umarmung. „Ich liebe dich. Und zwar *nur* dich."

Als sie am anderen Tag im Flugzeug saß, überlegte sie, wie ehrlich ihr Chéri dies gemeint haben könnte.

33

Als Thomas' Waschmaschine endlich lief, klingelte es an der Tür. Draußen stand Jean mit einem Stapel Bücher und Ordner unter dem Arm.
„Hallo Thomas, ich hoffe, dass ich nicht ungelegen komme. Aber ich hätte da einiges für dich gefunden. Du bist ja hinter Graf Siegfrieds Moselburg her."
„Komm herein, Jean, leg alles auf den Tisch. Darf ich dir meine Schwiegermutter in spe vorstellen?"
Jean und Rosi begrüßten sich freundlich.
„Ich muss aber erst noch alles wegräumen", entschuldigte sich Thomas, „wir haben hier schwer gearbeitet."

Thomas nahm einen großen Karton, warf alles hinein und bugsierte ihn mit einem Fußtritt unter den Tisch.
„So räumst du also auf?", neckte ihn sein Kommilitone. „Da würde meine Mutter mir aber was anderes sagen!"
Rosi rettete sich schmunzelnd ins Schlafzimmer. *Das wird er schon noch lernen müssen!*

Jean breitete seine Bücher und Zettel auf dem Tisch aus und sagte stolz:

„Hier, nun schau mal! Ich habe dir Pläne von alten Burgen mitgebracht. Hier zum Beispiel, das ist die älteste in unserem Land, die Burg in Esch an der Sauer. Da steht noch einiges davon. Hier ist deren Plan."
Thomas verglich diesen Plan mit jenem, den er von der Moselburg gezeichnet hatte. „Ja, sieht ähnlich aus."
„Und hier", erklärte Jean weiter, „das ist der Plan der Saarburg. Dann habe ich noch den Plan von Bodonis Castellum, das ist das heutige Befort. Die Burg war 816 im Besitz von Sankt Irmina in Trier."
„Schon wieder Trier!", stellte Thomas fest.
„Das ist doch ganz natürlich. Vor tausend Jahren gab es noch keine Landesgrenzen, wie unsere Eltern sie kannten und schließlich abschafften."
„Hier kommt sogar noch einmal unsere gut bekannte Trierer Abtei ins Spiel: 893 kommt die Burg Everlange an die Trierer Reichsabtei Sankt Maximin."

„Donnerwetter!" Thomas war ehrlich begeistert. „Wo hast du nur das ganze Wissen her?"
„Das, mein lieber Thomas, findest du alles in der Luxemburger Literatur."

Thomas sah sich die Pläne näher an. „Kompliment", murmelte er beeindruckt.
Dann verglich er die Pläne und stellte, neben einigen Unterschieden, doch recht frappierende Gemeinsamkeiten fest. Die Form der Burg war bestimmt von der Topographie des zu bebauenden Areals. Die Burgen befanden sich alle auf einer Anhöhe mit sehr steilen Abhängen. Die meisten wiesen eine Bastion auf, also einen äußeren Burgvorbau. Eine weitere Ringmauer war des Öfteren mit zwei oder drei Haupttoren versehen. Innerhalb dieser zweiten Ringmauer befanden sich häufig die Wirtschaftsgebäude und Aussichtstürme. Das Herz einer jeden Burg stellte der befestigte Bergfried dar. In diesen Bergfried konnte sich der Burgherr mit seiner Familie bei einem Angriff auf die Burg zurückziehen wie eine Auster in ihre Schale. Um diesen Bergfried herum gruppierten sich Kapelle, Mühle und Zisterne. Aber auch viele Gräben waren zur Sicherheit gezogen worden, viele Höfe, Keller, Türme, Mauern und Treppen bildeten ein Labyrinth, das es jedem, besonders aber den Angreifern schwer machte, sich darin zurechtzufinden.

„Wenn ich mir überlege", kommentierte Thomas diese Pläne, „wie schwer diese Burgen im Winter zu heizen waren und wie beschwerlich die hygienische Situation damals war, wäre ich nicht gerne Burgherr gewesen!"

„Als Fronbauer war das Leben bestimmt nicht einfacher. Aber nun zu unserem lieben Siegfried."

„Was hast du denn noch über den herausgefunden?"

„Wenig. Ich weiß nur, dass er bei den Auseinandersetzungen um die Nachfolge des Kaisers Otto II. in Lothringen in die Gefangenschaft des westfränkischen Königs Lothar geriet. Nach zwei Jahren gelang ihm, das war im Jahr 986, die Flucht."

„Merkwürdig. Wir haben das Datum seiner Flucht, nicht aber die Daten seiner Geburt und seines Todes."

„So ist es. Dabei wissen wir, dass er mit einer gewissen Hadwig verheiratet war, und dass er mit ihr elf Kinder hatte, sechs Söhne und fünf Töchter. Eine davon, die Kunigunde, heiratete Heinrich, den Herzog von Bayern, der 1002 zum deutschen Kaiser gewählt wurde. Diese Kunigunde wurde später sogar heiliggesprochen."

„Das, mein lieber Jean, habe ich in meinen Unterlagen", entgegnete Thomas stolz.

„Weißt du denn auch", bohrte Jean weiter, „dass Siegfried den Namen *Graf von Luxemburg* nie getragen hat?"
„Ja, mein lieber Jean, das weiß ich auch. Findet man ja im Internet."

„Na, Kommilitone, dann kann ich dir weiter nichts mehr beibringen."
„Oh doch! Ich will unbedingt Beweise dafür finden, dass die Ruinen von Wasserbilligerbrück vor mehr als tausend Jahren eine Siegfried-Burg gewesen sind. Und dabei kannst du mir helfen."
„Das wird schwierig werden. Aber mal sehen, was sich sonst noch so alles finden lässt. Sobald ich etwas entdecke, melde ich mich. Grüß Claudia schön von mir. So, ich muss mich jetzt auch mal vom Acker machen, ich hab nämlich noch zu tun."
„Vielen Dank für deinen Besuch, Jean, wir sehen uns dann in der Uni."

34

Als Tina nach einem angenehmen Flug die Halle des Prager Flughafens betrat, hielt sie Ausschau nach einer karierten Kappe.
„Gehen Sie unauffällig zum Ausgang!“, flüsterte eine Männerstimme hinter ihrem Rücken. „Nicht umdrehen!“, befahl der Mann, als die überraschte Tina eine kleine Bewegung machte. „Wir bringen Sie zu Kommissar Karl, aber ohne Aufsehen. Draußen folgen Sie mir bis zu meinem Wagen.“

Nicht gerade der Empfang, den ich mir gewünscht hätte, dachte sie, war aber nicht sonderlich beunruhigt. *Die Leute mögen ihren Grund haben, nicht mit mir zusammen gesehen zu werden. Aber hätte ich denn nicht ein Recht darauf gehabt vorher informiert worden zu sein?*

Alle Sinne aufs Äußerste gespannt schritt sie zur Halle hinaus. In einem Abstand von mehreren Metern spazierte der Mann mit der grau-gelb karierten Kappe an Tina vorbei, ohne sie eines Blickes zu würdigen. Tina folgte ihm in der Gewissheit, selbst jemanden im Schlepptau hinter sich her zu ziehen. Die Kappe verschwand in einer Tiefgarage. Das natürlich schmeckte Tina überhaupt nicht. Ihr blieb aber keine andere Wahl, als dem Mann zu folgen. Die Tiefgarage war stark verwinkelt und nur schwach beleuchtet. Trotzdem ging Tina zögernd weiter, hielt aber vorsichtigerweise immer mehr Abstand.

Der Mann mit der Kappe schloss einen Wagen auf, vergewisserte sich, dass sich niemand anderes im Parkhaus aufhielt und schaute zu Tina herüber.
„Kommen Sie, Frau Kommissarin. Guten Tag, erstmal. Bitte steigen Sie ein! Wir, das heißt mein Kollege und ich, bringen Sie jetzt ins Kommissariat. Bitte entschuldigen Sie diese Vorsichtsmaßnahmen, aber wir wissen, weshalb wir diese Sicherheitsmaßnahmen treffen müssen.“ Der Wagen verließ das Parkhaus.

„Ach ja?“, antwortete Tina mehr verärgert als beruhigt. „Warum hat man mich nicht in Kenntnis Ihrer Maßnahmen gesetzt?“
„Frau Kommissarin“, erklärte ihr der zweite Mann, der im Fond Platz genommen hatte, „wie hätten wir Sie denn informieren können? Wir vermuten nämlich eine undichte Stelle irgendwo im System. Da kann jede Mail und jedes Fax eingesehen werden, jedes Gespräch abgehört und jede Spur verwischt

werden. Wir haben keine Möglichkeit gesehen, Sie vorzuwarnen."
„Ich verstehe."
„Bitte, Frau Kommissarin, verzeihen Sie uns, falls wir Sie in Angst versetzt haben sollten."
„Ist schon in Ordnung. Also noch mal von Anfang: Mein Name ist Tina Rubkow, und ich bin Kommissarin bei der Trierer Mordkommission. Darf ich bitte jetzt *Ihre* Namen erfahren?"
„Ich bin Franz, wie der Schriftsteller Kafka, mein Kollege ist der Friedrich, wie der Smetana, der die *Moldau* komponiert hat."
„Sie alle tragen also Decknamen wie Inspektor Karl ebenfalls."
„Madame, ich merke, Sie haben uns verstanden."

Mit ausgesuchter Höflichkeit begleiteten die beiden Tina bis ins Büro von Inspektor Karl. Dieser kam Tina entgegen mit ausgebreiteten Armen und einem jovialen Lächeln auf den Lippen. „Ich bin Chefinspektor Karl. Hatten Sie einen guten Flug, Frau Kommissarin? Kann ich Ihnen etwas anbieten?" Er schüttelte Tina die Hand.

Tina befand sich im Wechselbad der Gefühle. Mit Zuversicht war sie abgeflogen, mit beklemmendem

Gefühl war sie zu den beiden Männern ins Auto gestiegen, und jetzt legte man ihr den roten Teppich zu Füßen. Und der Tag hatte gerade erst begonnen!

Sie setzte sich hin und schaute sich Inspektor Karl einmal genauer an. Er war ein hinreißend schöner Mann, groß gewachsen und schlank, trotzdem ausgesprochen athletisch und elegant in seinen Bewegungen. Sein Teint war leicht gebräunt, seine Hände gepflegt, was Tina immer ausgesprochen schätzte. Sein blütenweißes langärmeliges Hemd unterstrich seine gepflegte Erscheinung. Mit haselnussbraunen Augen sah er sie interessiert an. Tina war beeindruckt von seiner Erscheinung. Es dauerte einen guten Moment, bis sie sich wieder gefangen hatte und an ihren Auftrag dachte. Inspektor Karl, dem all dies nicht entgangen war, sich aber nichts anmerken ließ, ergriff das Wort.
„Frau Kommissarin", er zögerte einen Moment, ehe er weitersprach. „Hatten Sie einen guten Flug, kann ich Ihnen etwas anbieten?"

Na, was ist denn mit dem los, diese Frage hat er mir doch schon gestellt, dachte Tina bei sich. *Oder bin ich diejenige, die hier was missversteht? Höre ich die Frage zum*

ersten oder zum zweiten Mal? Was ist mit mir? Warum verdreht der Kerl mir derart den Kopf?
„Danke, Inspektor, im Flugzeug habe ich bereits etwas gegessen und getrunken. Kann ich Frau Mohr jetzt sehen?"
Schon bedauerte sie diese Frage, es hätte ihr sehr gut gefallen, sich noch einen Moment allein mit dem Inspektor zu unterhalten.

„Ja, Frau Kommissarin, gleich. Zuvor muss ich Ihnen noch einiges erklären."
Tina lehnte sich zurück und genoss sichtlich die Unterredung. Gleichwohl der Inspektor, der das Gespräch dann auch nicht kurz hielt, sondern plauderte und plauderte und Erklärung über Erklärung gab.

Tina lauschte seinen Ausführungen wie gebannt. Zum Schluss lud Karl sie ein, sich den Film anzuschauen. Tina war das recht. Sehr recht. „Darf ich bitten?", fragte Karl und hielt Tina galant die Hand entgegen, um sie in den abgedunkelten Vorführraum zu geleiten. Dort angekommen bot er ihr einen Stuhl an und ließ ihre Hand erst los, als sie Platz genommen hatte. Als der Film lief, legte er wie beiläufig für einen kurzen Moment seine Hand auf Tinas Schulter, während er mit der anderen auf die

Einzelheiten hinwies. Als der Film abgespult war, fragte Tina sich, wie viel sie davon eigentlich mitbekommen hatte.

„Jetzt wissen Sie, was sich hier zugetragen hat. Übrigens lasse ich den Laden ab heute überwachen. Auch die Telefone sind alle angezapft, Frau Kommissarin. Ach, was … ich darf doch bestimmt Tina sagen?“ Erwartungsvoll blickte er sie an.
„Ja gerne!“, entgegnete Tina überwältigt.
„Und ich bin der Karl für dich.“
Tina war mit einem Mal nicht mehr Herrin über ihre Gefühlswelt.

Claudia wurde hereingebracht und fiel Tina schluchzend in die Arme. Zärtlich streichelte die Kommissarin ihr über die Haare.
„Ist ja gut, heute bringe ich Sie nach Hause, wieder zurück nach Trier. Ihnen ist ja nichts Schlimmes passiert.“ Claudia setzte sich neben die Kommissarin.
Verstohlen beobachtete Tina Inspektor Karl; dieser schien nicht begeistert von Claudias plötzlichem Erscheinen zu sein.

Höchste Zeit für Tina, aus ihrer Schwärmerei aufzuwachen, wenn auch sehr zu ihrem Missfallen.

„Was ist denn mit Ihren Händen passiert?“, fragte sie deshalb Claudia mitfühlend.
Karl kam ihren Erklärungen zuvor und klärte Tina bis ins letzte Detail über Claudias Odyssee auf.
„Ich verstehe“, sagte sie. „Tut es noch sehr weh?“
„Danke, nein, es geht schon. Ist schon am Heilen; ich wurde gut versorgt.“

Karl hätte liebend gerne den Abend mit Tina verbracht, doch daran war heute nicht zu denken.
„In zwei Stunden geht meine Maschine. Ich muss so langsam aufbrechen“, drängte Tina.
„Ja, ich weiß“, entgegnete Karl, „aber ganz so eilig ist es nicht. Wir haben nämlich noch ein kleines Essen für euch vorbereitet. Bitte folgt mir!“
Tina und Claudia schauten sich fragend an.
„Ja, ja, keine Sorge!“, beteuerte Karl und führte sie in ein kleines Esszimmer, wo ein hübscher, für drei Personen gedeckter Tisch auf sie wartete.
„Bitte nehmt Platz!“, lud Karl die beiden Frauen ein.
„Aber unser Flug geht in einer guten Stunde!“, protestierte Tina.
„Keine Sorge, Tina.“

Zwei Kellner kamen herein und trugen ein warmes Essen auf. Ein köstliches Essen. Tina schaute ver-

stohlen auf ihre Armbanduhr. Der Zeiger rückte unbeeindruckt weiter. Tinas Nervosität steigerte sich von Minute zu Minute.
„Keine Sorge, Tina!“, beschwichtigte Karl.
„Ja, aber wir hätte 90 Minuten vor Abflug bereits einchecken müssen.“
„Geduld, meine Liebe, Geduld!“

Der hat Nerven!, dachte Tina verärgert. *Ich jedenfalls habe keine mehr.* Auch Claudia vermochte ihre Anspannung nicht mehr zurückzuhalten. Sie rutschte ungeduldig auf ihrem Stuhl hin und her.

Karl schaute auf seine Armbanduhr. „Alles was jetzt passiert, geschieht einzig und allein zu eurer Sicherheit. Macht euch keine Sorgen! Aber, ich glaube, es wird so langsam Zeit, und das bedauere ich außerordentlich.“ Er erhob sich. „Wenn ihr mir bitte folgen würdet!“
Er führte sie durch das Gebäude bis in die Tiefgarage. Dort warteten drei Polizeifahrzeuge auf ihre Passagiere. Karl verabschiedete sich mit einem hingehauchten Handkuss von Tina und mit einem freundlichen Händedruck von Claudia.

„Gute Reise, und hoffentlich bis sehr bald! Kommissar Molitor hat mich nämlich nach Luxemburg eingeladen."
„Es würde mich außerordentlich freuen, wenn du diese Einladung bald wahrnehmen würdest", erwiderte Tina, die ihm gerne weniger formell geantwortet hätte. Doch einerseits hörte Claudia mit, und andererseits wollte sie Inspektor Karl ihre Hoffnung auf ein baldiges Wiedersehen weniger offensichtlich mitteilen.

Mit Blaulicht und Martinshorn brausten die Wagen zum Flughafen. Dort fuhren sie bis zum Rollfeld und brachten ihre beiden Mitfahrerinnen zur abflugbereiten Maschine. Hastig stiegen die Frauen die Gangway hinauf; hinter ihnen wurde die schwere Flugzeugtür geschlossen, und die Maschine rollte unverzüglich zur Startbahn, beschleunigte, hob ab und verschwand in den Wolken.

35

Seit Jahrzehnten bereits wohnte eine ältere Dame alleine in ihrem Häuschen in einer der oberen Prager Straßen. Sie hatte nur wenig Verwandtschaft, daher empfing sie auch nur wenig Besuch. Heute aber, und das war wirklich außergewöhnlich, schaute ihre Nichte auf einige Tage bei ihr vorbei. Allen Nachbarn hatte sie Bescheid gegeben und ihnen ihre Freude über diesen Besuch mitgeteilt.

Die alte Dame begrüßte ihre Nichte überschwänglich an der Schwelle.
„Komm herein, meine Liebe, ich freue mich so über deinen Besuch!“
„Lass dich mal anschauen, Tantchen, gut siehst du aus!“
Das Taxi entfernte sich, und die beiden Frauen gingen ins Haus.
Nachdem die Haustür ins Schloss gefallen war, änderte sich der Ton grundlegend.
„Hoffentlich haben Ihre Nachbarn dies alles mitbekommen“, sagte die *Nichte*.
„Glauben Sie wirklich, Frau Inspektorin“, ängstigte sich die alte Dame, „dass mir nichts passieren kann?“

„Aber natürlich geschieht Ihnen nichts, ich werde ausgesprochen vorsichtig sein, und Sie täuschen weiterhin meine Tante vor."
„Frau Inspektorin, sind die Leute gegenüber denn wirklich so gefährlich?"
Die junge Inspektorin blieb bei der Wahrheit. „Das wissen wir eben nicht. Kann sein, muss aber nicht. Und sollten sie gefährlich sein, dann nicht für eine ältere Dame; die agieren nur in ihrem Geschäftsbereich. Dort könnten sie für einige Leute allerdings ziemlich gefährlich werden. Da kann ich Sie, was Ihre Person angeht, aber beruhigen." Die ganze Wahrheit verschwieg sie lieber.

„Kommen Sie, Frau Inspektorin, ich zeige Ihnen den Weg!"
Die alte Dame stieg bis ins erste Stockwerk und zeigte auf eine Tür.
„Hier, da können Sie schalten und walten, wie Sie es für richtig halten. Ich benötige das Zimmer nicht unbedingt. Das Bett habe ich Ihnen frisch bezogen."
Die Inspektorin ging bis zum Fenster, das mit einer großen Gardine versehen war und schaute auf die Straße.

„Das ist perfekt, wir sind Ihnen zu sehr großem Dank verpflichtet, dass Sie uns die Observation hier ermöglichen."

Die Inspektorin packte ihren Koffer aus. Ein Richtmikrofon, ein Bewegungsmelder, eine automatische Kamera, ein Stativ. Das alles montierte sie in angemessenem Abstand zum Fenster, verkabelte die einzelnen Geräte, schloss alle an ihren Laptop an und prüfte die gesamte Installation. Alles lief fabelhaft. Das machte sie nicht zum ersten Mal.

„Kommen Sie, Frau Inspektorin", lud die alte Dame ihre angebliche Nichte ein, „wir setzen uns in den Garten! Bei diesem zauberhaften Wetter ist es ein Genuss, unter dem Baum zu sitzen. Ich habe Kaffee gemacht und Kuchen gebacken."
„Ja, gerne, herzlichen Dank", meinte die Inspektorin erfreut, „das sieht dann auch ganz glaubhaft aus."

36

Als die Maschine auf dem Luxemburger Rollfeld aufsetzte und abbremste, klatschten nach altem Luxemburger Brauch beinahe alle Passagiere, um dem Piloten für den sicheren Flug und die gute Landung zu danken. Tina neigte sich zu Claudia herüber und flüsterte ihr ins Ohr. „Noch eine halbe Stunde Autobahn, dann sind wir endlich in Trier. Sie können aufatmen!"

Claudia hatte bereits während des Fluges ihre Angst und Anspannung abgelegt und fühlte sich wieder auf sicherem Boden. Mit den anderen Passagieren gingen die zwei Frauen durch einige Korridore. Die Gepäckausgabe ließen sie außer Acht, stattdessen steuerten sie zielgerichtet die Tiefgarage an. Tina blickte sich verstohlen um. Sie wollte Claudia keinesfalls ängstigen, im Laufe der Berufsjahre aber hatte sie eine gewisse professionelle Vorsicht verinnerlicht. Alles um sie herum schien friedlich.

In der Tiefgarage stiegen nur einige wenige Personen in ihre Fahrzeuge. Nach wenigen Minuten erreichte Tina die Autobahnauffahrt. Allmählich ging der Tag in die abendliche Dämmerung über, und

Tina schaltete das Licht ein. Es herrschte nur wenig Verkehr auf der A1 in Richtung Trier.

Plötzlich bemerkte Tina in ihrem Rückspiegel einen Wagen mit eingeschaltetem Fernlicht, der sich ihr mit sehr hoher Geschwindigkeit näherte. Tina befuhr vorschriftsmäßig die rechte Seite der Fahrbahn. Der fremde Wagen kam schnell näher, machte aber immer noch keine Anstalten, auf die Überholspur zu wechseln. Im allerletzten Augenblick fuhr Tina ihren Wagen auf die Standspur und entging der Kollision. Der fremde Wagen hatte ebenfalls nach rechts gezogen und Tinas linken Außenspiegel abgerissen. Sie wollte sich das Kennzeichen merken, doch das hintere Licht war komplett ausgeschaltet, was auf eine Manipulation hinwies. *Das war Absicht,* dachte sie. Jetzt hieß es äußerste Konzentration walten zu lassen.

Aber der Wagen war bereits verschwunden. „Was war das denn?“, fragte Claudia in panischer Angst.
„Hoffentlich sehen wir den nie wieder“, wünschte sich Tina. „So ein Verbrecher!“
„Das können Sie aber laut sagen.“

Es wurde wieder ruhig auf der Autobahn. Tina allerdings blieb angespannt. Sie hielt es durchaus für möglich, dass es einen weiteren Anschlag auf sie geben könnte. Tina schielte hinüber zu ihrer Beifahrerin; diese wirkte ebenfalls alles andere als beruhigt.

Nur wenige Kilometer hinter der nächsten Ausfahrt, die nach Mertert hinunterführte, sah sie die schwere Limousine auf der rechten Standspur anhalten und die Lichter löschen. Tina hatte keine andere Wahl, als sich aus dem Staub zu machen. Doch kurze Zeit später näherten sich von hinten wieder grelle Fernlichter, die mit einem Mal abblendeten. Mit extremer Geschwindigkeit schoss der Wagen über die Autobahn. *Ist das wieder dieser schwarze Höllenfahrer?* Blitzschnell wusste Tina, dass es einen weiteren Versuch geben würde, sie aus dem Weg zu räumen. *Diesmal wird dieselbe Masche aber nicht mehr funktionieren!*, dachte Tina bei sich und drückte geistesgegenwärtig den Notschalter, der ihren Wagen mit der Luxemburger und der Trierer Polizei verband. Diese Installation konnte ihren genauen Standort an die Kollegen weitergeben und den Alarm auslösen.

Tina gab Vollgas. Trotzdem verringerte sich ihr Abstand zu der schwarzen Limousine nicht, im Gegenteil, er wurde stetig kleiner. Der Schock war fürchterlich. Die schwere Limousine rammte mit der vorderen rechten Seite Tinas Corrado hinten links. Tina verlor sofort die Kontrolle über ihr Fahrzeug, ihr blieb keine Möglichkeit zu reagieren. Die Fliehkraft wirbelte den viel leichteren Corrado wie einen Spielball mühelos um die eigene Achse und warf ihn rechts die Böschung hinauf, wo er endlich zum Stehen kam. Dann breitete sich Totenstille aus.

Nach einer gefühlten Unendlichkeit machte Tina die erste Bewegung. Sie lebte noch. Aber alles tat ihr weh. Der Kopf, der Nacken, die Arme, Knie und Füße. „Wir müssen raus hier, kommen Sie, Claudia!"
„Ich kann nicht mehr …", hauchte diese, „lassen Sie mich sterben …
„Das ist Quatsch! Sie können das, denn wir *müssen* hier verschwinden, und zwar sofort!" Tinas Ton erlaubte keine Widerrede.

Sie öffnete die Fahrertür und versuchte auszusteigen, was ihr nur unter größter Mühe gelang. Sie tastete sich vor bis zur Beifahrertür und riss sie auf.
„Los, raus hier!"
Tina tätschelte Claudia die Wangen, um sie zu wecken. „Kommen Sie! Hierbleiben ist zu gefährlich!"

Endlich bewegte sich Claudia. „Meine Hand …“ stöhnte sie, „ich kann meine Hand nicht mehr bewegen!“
„Die Hand ist nicht so wichtig, die sehen wir uns später an. Los, Claudia, nur fort von hier!“ Tina blickte Claudia forschend ins Gesicht. „Claudia, können Sie mich überhaupt verstehen? Können Sie sich hinstellen?“
Claudia versuchte es, zitterte aber so stark, dass sie sich wieder auf den Sitz fallen ließ.
„Claudia, die sind hinter uns her, wir müssen uns irgendwo verstecken, bis die Polizei hier ist. Meine Kollegen habe ich bereits verständigt. Die sind schon unterwegs.“
Claudia sah endlich ein, dass Tina recht hatte. Also versuchte sie erneut aufzustehen und zwei Schritte zu gehen. „Mir tut alles weh“, beschwerte sie sich, „ich kann es nicht.“
„Und ob Sie stehen können! Oder wollen Sie sich hier von den Kerlen erschießen lassen?“
Endlich erreichten die Worte Claudias Hirn. „Glauben Sie denn an diese Gefahr?“, fragte sie blauäugig. „Meine Hand tut so weh!“
„Ja, glauben Sie denn noch an den Weihnachtsmann? Mir tut auch das Knie weh! Los! Hierhin, den

Pfad hinunter, dort hinten ist ein Wäldchen und viel Gestrüpp, da finden wir ein Versteck."

Die beiden humpelten, so gut es ihnen möglich war, bis in den Wald. Sie legten sich neben einen dicken Buchenstamm und deckten sich mit Blättern zu. Die Nerven zum Zerreißen gespannt horchte Tina auf jedes noch so kleine Geräusch in ihrer Umgebung. Einige Fahrzeuge fuhren auf der Autobahn, doch keines hielt an. *Bemerkt denn niemand mein rotes Auto oder ist das von der Fahrbahn aus gar nicht zu sehen?,* fragte sie sich. *Und was ist mit dem, der mich verfolgt hat?* Noch immer rührte sich nichts. Claudia war der Ohnmacht nahe und nicht mehr fähig, einen klaren Gedanken zu fassen. Sie ließ sich in einen unruhigen Schlummer gleiten. Tina tastete ihre Jeanstaschen ab. Nichts hatte sie bei sich, das Handy, im Augenblick das möglicherweise lebensrettende Gerät, lag im Auto.

Wie lange lagen sie bereits hier im Wald? Tina hatte jegliches Zeitgefühl eingebüßt. Irgendwann hörte sie von ferne kommend das typische Geräusch eines Martinshorns, dann ein weiteres Signalhorn. Sie konnte aber nicht sagen, von welcher Seite Hilfe zuerst herbeieilte. Weitere Rettungswagen erreichten die Unfallstelle, und in kurzer Zeit flackerte der Himmel über der Unglücksstelle in kräftigem Blau. Dann nahm Tina Stimmen wahr und Befehle, die gerufen wurden.

Es war an der Zeit aufzustehen und der Hilfe entgegenzugehen. Doch Tina schaffte es kaum noch hoch. Ihre Nackenmuskulatur schien ein Schleudertrauma davongetragen zu haben, und ihr rechtes Knie verweigerte endgültig den Dienst. Alles, was sie zustande brachte, war, sich den Kopf mit beiden Händen zu stützen und schwankend nach oben zu gelangen. Sie hoffte, dass die Hilfskräfte auch einmal hinhörten, damit ihr Rufen endlich eine Chance hätte, gehört zu werden. Auf halbem Weg nach oben kamen ihr endlich Lichter von starken Lampen entgegen. Als Tina mitten im Lichtkegel stand, ließ sie sich einfach hinfallen und ergab sich der erlösenden Ohnmacht.

37

Noch von der Unfallstelle aus hatte René am Abend zuvor seinen Kollegen Inspektor Karl in Prag angerufen.

„Hier Commissaire René aus Luxembourg. Hallo Karl."

„René", unterbrach er ihn augenblicklich, „kein Wort am Telefon!"

„Verstanden." *Karl scheint der undichten Stelle im Prager Kommissariat näher gekommen zu sein,* dachte sich der Luxemburger.

„Brauchst du mich?"

„Ja."

Schon war das Gespräch beendet gewesen.

Am frühen Morgen saßen René, Juliette und Pif in Renés Büro in Luxemburg-Hamm. Die Ergebnisse des Mordanschlags auf die zwei Frauen waren noch in der Nacht ausgearbeitet und lagen nun bereit auf Renés Schreibtisch. René überflog die Seiten mit geschultem Blick. Noch bis spät in der Nacht hatten die Kommissare mit dem Luxemburger Mess- und Erkennungsdienst alle wichtigen Informationen über das Verbrechen untersucht. Das Ergebnis barg keine Überraschung.

Da die Frauen einen Tag früher als geplant angekommen waren, erlaubte dies den Kommissaren, Claudias Familie noch nicht über den Vorfall zu informieren. Das ersparte ihnen zum jetzigen Zeitpunkt unangenehme Erklärungen. *Heute Abend,* so dachte Pif, *werde ich die Mutter und auch Thomas zu Claudia fahren. Bis dahin wird es ihr vielleicht besser gehen, und der Schock fällt gewiss für die beiden nicht so heftig aus.*

Das Festnetz meldete sich.
„Hallo René, hier Karl. Ich sitze gerade in einem Taxi, der Fahrer findet deine Dienststelle nicht. Bin mit der ersten Maschine heute Morgen nach Luxemburg geflogen."
„Bonjour Karl, schön, dass du bereits da bist! Meine Dienststelle befindet sich in der Rue de Bitbourg, Nummer 24. Pif ist auch bereits hier. Wir holen dich dann am Eingang ab."
„Der Fahrer hat gerade gewendet, es sind nur wenige hundert Meter, meint er. Bis gleich!"

„Was gibt es denn Neues bei euch? Sind die Frauen gut angekommen?", fragte Karl, nach der freundlichen Begrüßung und dem ersten persönlichen Kennenlernen.

„Eben nicht, Karl, auf die wurde hier in Luxemburg ein Mordanschlag verübt. Gestern am frühen Abend."
Karl war halb vom Stuhl aufgesprungen, doch René hielt ihn zurück und legte ihm die Hand auf die Schulter. „Und?!"
„Beide haben überlebt, beruhige dich. Aber sie sind im Krankenhaus und benötigen wohl noch einige Tage Pflege und vor allen Dingen Ruhe."
„Erzähle mal, was passiert ist."
„Also", holte René aus, „eine schwere Limousine, ein in Luxemburg gestohlener Jaguar mit mehr als 400 PS, hat die beiden Frauen auf der Autobahn vom Flughafen Findel nach Trier regelrecht gejagt. Zehn Kilometer vor dem eigentlichen Unfall wurde das Auto der Kommissarin ein erstes Mal angerempelt. Dort haben wir ihren linken Außenspiegel gefunden. Später dann wurde Tinas Wagen regelrecht von der Autobahn katapultiert. Die beiden konnten sich aus dem liegen gebliebenen Wrack aber noch befreien und sich in einem Wäldchen verstecken, wo wir sie schließlich gefunden haben."
„Wie geht es ihnen jetzt?"
„Sie sind schwer geschockt, regelrecht traumatisiert. Beide haben ein Schleudertrauma, Tina hat es am Knie erwischt, Claudia hat zwei Mittelhandknochen

gebrochen. Aber alles in allem haben die beiden unverschämtes Glück gehabt."
Betroffen schüttelte Karl den Kopf. „Sie haben überlebt, das ist die Hauptsache. Wann können wir sie besuchen?"
„Der Arzt meint, nicht vor vierzehn Uhr.
„Habt ihr denn den Unfallverursacher schnappen können?"
„Ja. Und aus diesem Grund benötigen wir dich hier."
„Dann erzählt mal!"
„Nun ja", René räusperte sich, „nach dem Anschlag auf Tina wollten der Fahrer der Limousine und sein Komplize die Autobahn an der nächsten Abfahrt verlassen. Höchstwahrscheinlich hat der Lenker des Autos dabei die hohe Geschwindigkeit unterschätzt, denn sie sind ins Schleudern geraten und gegen einen Betonpfeiler geprallt. Den Beifahrer konnten wir nur noch tot bergen, der Fahrer befindet sich mit schwersten Kopfverletzungen in einem äußerst kritischen Zustand."

René zog den dicken braunen Umschlag hervor und schüttelte den Inhalt auf das Schreibpult. „Hier, das sind die Sachen, die sie bei sich trugen."
Karl blätterte in den Pässen.

„Die Männer hier, die kennen wir. Beide Tschechen. Die suchen wir sogar, sie stehen in unserer Kartei, aber schnappen konnten wir sie nie."
„Was wird ihnen vorgeworfen?"
„Auftragsmorde, mehrere", antwortete Karl trocken. „Und es ist wichtig, dass jetzt keine Informationen an die Presse gelangen. Nicht auszudenken, was passieren könnte, wenn die Geschichte in diesen kriminellen Kreisen die Runde macht. Da soll keiner erfahren, dass die Männer eliminiert worden sind, aber die Mädchen noch leben."

René hob den Hörer ab und wählte eine Nummer.
„Moie Vic, lauschter emol, iwwer deen Accident gëschter Owend op der Tréierer Autobunn: Kee Wuert doriwwer un d'Press!"
„Jo, gutt. Awer de Radio huet dat ewell grouss erausgetéint", antwortete Vic, „déi ganz Saach huet jo vill ze vill Tapage gemaacht."
„Da so deenen, déi sollen de Bak halen. Dat gëllt och fir RTL! T'ass iwwerliewenswichteg fir zwee Meedercher."

„Ihr habt einen eigenen Dialekt?", wunderte sich Karl, als René das Gespräch beendet hatte.

„Mein lieber Karl, das ist kein Dialekt, das ist unsere Landessprache", belehrte René ihn sichtlich stolz.
„Aber der wird hier in der Grenzregion zu Luxemburg und auch in der Gegend um Arlon herum verstanden."
„Tut mir leid", meldete sich Pif, „aber eben habe sogar ich nicht viel verstanden."
René schaute in die Runde und erklärte.
„Ich habe Presse, Radio und Fernsehen einen Maulkorb verpasst."

„Eines verstehe ich nicht", meldete sich Juliette zu Wort, „ich habe die Passagierliste durchgecheckt. Die Maschine war nur halb belegt. Die Passagiere waren größtenteils Luxemburger Geschäftsleute und Banker. Die anderen Namen habe ich mit der Liste von Europol verglichen, aber die waren alle negativ. Ich wage zu behaupten, dass sich kein Verdächtiger in der Maschine befand."

Karl besah sich Juliette, Renés Praktikantin, einmal genauer. *Donnerwetter, für eine Anfängerin aber ganz schön cool! Aus sich heraus solch eine Initiative zu ergreifen, und ihr Chef scheint nicht einmal davon überrascht zu sein! Die wird mal eine gute Kraft!* Karl konnte die Augen nicht von Juliette lassen. *Bildschöne Frau,* dachte er. *Sehr apart. Sehr elegant.*

René, der so tat, als hätte er Karls Blicke nicht bemerkt, griff zum Telefon und wählte eine Nummer. Er orderte unverzüglich Bewachungspersonal ins Hôpital Kirchberg und ordnete die sofortige Verlegung der Frauen auf eine hoch gesicherte Station an.

„So etwas haben wir gar nicht", erklärte man ihm vonseiten der Klinik.

„Dann eben ein gut zu sicherndes Zimmer, ohne Balkon und ohne Regenrinne neben dem Fenster, möglichst keine Sicht auf die Straße oder ein Nachbarhaus."

„Und dann haben wir noch das hier in einer der Brieftaschen gefunden", meinte René, als er aufgelegt hatte und schob Karl einen Zeitungsausschnitt mit Text und Foto hinüber. „Ist anscheinend auf Tschechisch geschrieben."

Karl las den Artikel hoch konzentriert. „Interessant. Sehr interessant! Ich frage mich nur: Warum in aller Welt ist dieser Artikel nicht auf meinem Schreibtisch gelandet?"

„Wichtig?", fragte Pif.

„Und ob! Sehr wichtig sogar."
„Worum geht es denn?", wollte René wissen.
„Es geht um die Prager Firma, die wir seit gestern überwachen. Einen Pharmahändler. Ach, was sage ich, einen der größten Medikamentenhändler unserer Republik!"
„Und das Foto?", fragte René weiter.
„Das soll einer der regionalen Organisatoren sein. Für den französischen Markt. Ein extrem gefährlicher Mann. Der wird wahrscheinlich versuchen, in dieser Gegend unterzutauchen. Steht da geschrieben. Jacques Beauvais heißt der Kerl übrigens."
„Ist er dir ein Begriff?", wollte René wissen.
„Nein, René, den kenne ich nicht. Der scheint neu in dem Laden zu sein. Gib mir doch bitte etwas zum Schreiben."

René reichte ihm ein Blatt Papier und einen Kugelschreiber. „Was schreibst du denn da?", fragte ihn René.
„Ich notiere mir, wer alles in meiner Dienststelle Kenntnis von Claudias Anwesenheit in Prag hat. Darunter habe ich aufgelistet, wer von Tinas Besuch bei mir wusste, schließlich, wer vom Abflug der Frauen wusste. Mir scheint, da hat jemand aus mei-

ner Dienststelle heraus den Auftragsmördern hierhin, das heißt nach Luxemburg Bescheid gegeben."
„Kannst du bereits Namen ausschließen?"
„Ja. Es bleiben nur noch drei Verdächtige übrig. Eine Frau und zwei Männer." Karl schien erleichtert zu sein. „Es ist immerhin ein guter Ansatz."

Pif meldete sich zu Wort.
„Ein guter Ansatz bestimmt. Aber, nochmal was anderes: Seit vorgestern bewachen wir einen Medikamentenhersteller hier in Trier. Aber bis jetzt können wir ihm nichts Ungesetzliches nachweisen. Dort soll sich nachts jemand herumgeschlichen haben. Und wir dürfen nicht vergessen, dass Claudia dort in einen Wagen gestiegen ist, der schließlich in Prag landete. Und das ist nie und nimmer ein Zufall."
„Pif, dein Bericht ist nicht komplett", unterbrach ihn Karl. Der Wagen mit Claudia im Lieferraum ist in ebendieser Prager Firma gelandet. Und die Leute haben sie später wiedererkannt. Davon habe ich einen Film."
„Leider haben wir für den Augenblick nicht genügend Trümpfe in der Hand, um die alle hochgehen zu lassen", merkte Pif an. „Streng genommen dürfen wir die nicht einmal einer Entführung bezichtigen."

„Nein, bei Weitem nicht." Karl seufzte. „Wir kennen die Chefs nicht. Wir wissen nicht, wie der Laden organisiert ist, und uns fehlt das Wissen über die Kontakte, die sie untereinander geknüpft haben."
„Das heißt im Klartext", resümierte René, „die kleinen Fische müssen wir schwimmen lassen, damit wir die großen in unser Netz bekommen. Ach, ehe ich es vergesse, der schwer verletzte Fahrer hat mehrfach *Santiago* geflüstert. Karl, kannst du dir einen Reim darauf machen?"
„Santiago? Nein. Es gibt eine Stadt in Spanien, die so heißt, Santiago de Compostela, die mit dem Jakobusweg. In Südamerika gibt es dutzende Städte, die Santiago und noch irgendwas heißen, aber was soll das? Santiago? Nein, keine Ahnung."

„Was machen wir mit dem Toten?", fragte René.
„Von dem macht ihr eine saubere Obduktion mit allem, was dazugehört: Den Fingerabdrücken, den Verletzungen und Narben, DNA, Faserspuren seiner Kleidung. Das ganze Programm. Dann könnt ihr den meinetwegen einäschern. Auf unsere Kosten, natürlich. Später sehen wir dann weiter. Das Resultat kannst du mir nach Prag mailen."

„Möglicherweise könnt ihr sogar zwei Urnen nach Prag überführen, denn der andere Killer hat auch nur geringe Überlebenschancen."

René stutzte plötzlich.
„Wir haben das Obduktionsergebnis der in Grevenmacher getöteten Portugiesin erhalten. Wir haben die DNA von beiden Tätern, denn die Frau hatte sich massiv gewehrt. Wir haben Hautpartikel unter ihren Fingernägeln gefunden. Ich werde auf jeden Fall die Ergebnisse davon mit diesen hier vergleichen. Und ich fresse einen Besen, wenn die beiden Autobahnverbrecher nicht ihre Mörder sind.

38

Heute hatte Rosi etwas länger geschlafen und sich auch mehr Zeit für ihre morgendliche Toilette gegönnt. Denn am heutigen Abend erwartete sie Claudia zurück, da wollte sie ein kleines Fest mit ihren Lieblingsspeisen vorbereiten und selbstverständlich dem Anlass entsprechend aussehen. Ein Telefonanruf riss sie aus ihren Überlegungen heraus. Es war Thomas.

„Hallo Rosi! Du, ich habe mir überlegt, wenn Claudia heute Abend heimkommt ..."

„Thomas, hallo erstmal! Ja, das werde aber ich in die Hand nehmen. Küchenarbeit, glaube ich, ist nicht ganz so dein Ding."

„Rosi, ich könnte dich umarmen! Aber mit was kann ich dir behilflich sein? Viel Zeit habe ich nämlich nicht."

Rosi musste schmunzeln. *Bringt der raffinierte Kerl es doch immer fertig, mit einem halben Satz den Spieß umzudrehen!*

„Aha, viel Zeit hast du also nicht?", meinte sie gedehnt, „was wolltest du mir denn eigentlich vorschlagen?" Sie wartete gespannt auf eine einigermaßen plausible Ausrede.

„Ich fahre heute zur Moselburg und wollte dich fragen, ob du nicht mitkommen willst. Auf dem Rückweg können wir dann immer noch etwas besorgen, was schnell geht."

„Was schnell geht, aha. Ist Claudia dir nicht mehr wert?"

„Nicht doch, Rosi, das hast du mich jetzt aber gründlich missverstanden! Claudia ist alles für mich. Sie ist das Größte für mich. Ich liebe sie heiß und innig ..."

„Ja, ja, aber Zeit hast du kei...!"

Einer fiel dem anderen ins Wort.

„Rosi. Bitte! Es ist wichtig. Mein Problem ist, dass sich mein Professor *heute* die Moselburg anschauen möchte. Der Mann hat seinerzeit mit einer Arbeit über Burgen promoviert, ist geradezu eine Koryphäe auf dem Gebiet. Und ich glaube, das könnte dich ebenfalls interessieren."

„Aber natürlich interessiert mich das. Ich finde so etwas wirklich toll. Dann müssen wir uns nur richtig organisieren. Wann wäre das denn?"

„Heute Nachmittag um vier Uhr."

„Und wie lange würde das dauern?"

„Keine Ahnung. Der Kerl ist bekannt für seine Gründlichkeit."

„Vorschlag: Ich besorge gleich alles und bereite das Wichtigste vor. Dann kann ich mit dir mitfahren. Claudia wird ja erst spät am Abend ankommen."
„Dann kann ich ja noch schnell vorher in den Baumarkt …", meinte Thomas.
„Menschenskind! Du und dein Baumarkt! Und, was fehlt dir denn heute?"
„Material für ein Modell von der Burg."
„Und Schrauben?"
„Vielleicht ..."
Das hatte Thomas aber nur im Scherz gesagt, um seine Schwiegermutter in spe zu necken.
„Wann kommst du mich abholen?"
„Am liebsten schon um drei."
„Gut. Thomas, so machen wir es. Ich beeile mich."

Thomas war sogar pünktlich. Unterwegs erzählte ihm Rosi, was sie schon alles ofenfertig vorbereitet hatte. Es würde ein schöner Abend werden.
„Claudia wird sich freuen", meinte die Mutter mit einem leichten Anflug von Stolz.
„Ganz bestimmt. Und ich glaube, wir beide freuen uns ganz besonders, sie wohlbehalten wiederzusehen."

Thomas' Professor entsprach nicht im Geringsten dem, was man sich gemeinhin unter einem Universitätsprofessor vorstellte. Er schien viel zu jung zu sein, vielleicht sah er auch nur jünger aus, als er in Wirklichkeit war. Ausgesprochen schlank von Statur trug er eine Allerweltsjeans und Schuhe, die einem Alpinisten alle Ehre gemacht hätten. Ein Holzfällerhemd, rot-grün kariert, verdeckte seine athletische Figur. Mit sehr wachen veilchenblauen Augen sah er Rosi an und grüßte sie mit einem festen Händedruck.

Die beiden Männer machten sich sofort an die Arbeit. Sie holten alle Geräte aus Thomas' Kofferraum und begaben sich, ohne zu zögern, ins Innere der Ruine. Da Rosi sich noch nicht bereit fühlte hineinzugehen, blieb sie draußen und setzte sich auf die Bank.

Wie lange ist Peter nun schon nicht mehr unter uns?, dachte sie gedankenverloren. *Er fehlt mir, er fehlt mir immer und überall. Er fehlt mir als sicherer Hafen und als Tröster und als Geliebter. Ich hoffe, sein Mörder entgeht seiner gerechten Strafe nicht. Ich hoffe, dass die Kommissare ihn endlich dingfest machen können. Das bringt mir meine große Liebe und den Vater meines Kindes zwar nicht zurück, es würde aber wieder Ordnung in meine Welt bringen.*

Was war das schön, hier, damals, in unserer Kindheit und Jugend! Was haben wir schöne Stunden hier verlebt! Als wir noch in kindlicher Unschuld hier Turniere organisiert haben, mit Mutters Unterrock als Prunkkleid und mit Kartonstreifen als Kampfschwert.

Wenn ich mir heute als erwachsene Frau überlege, wie vor tausend Jahren das Leben in einer Burg ausgesehen haben mag, kriege ich das heulende Elend. So ein Gebäude muss Unmengen an Brennstoff verbraucht haben, aber ob irgendein Raum gemütlich warm zu bekommen war, bleibt dahingestellt. Die Betten müssen im Winter feucht gewesen sein. Und wie stand es mit dem ‚stillen Örtchen'? So nachts bei minus 20 Grad. Muss auch keine Freude gewesen sein. Und ein schönes warmes Bad, gab es das bereits?

Und dann, die Lebensmittel. Weizen konnten sie anbauen, jeder Sack musste aber in der Mühle zu Mehl verarbeitet werden. Im Sommer stand das Vieh auf der Weide, aber bei Schlachtungen? Wie wurde das Fleisch konserviert? In Salzlake und im kühlen Keller wahrscheinlich. Wie lange aber war es haltbar?

Keine Waschmaschine, kein Waschmittel und das eiskalte Wasser aus dem Brunnen schöpfen. Kein Shampoo und keine richtige Seife, wie wir das kennen.

Für die Frauen muss es ein Fest gewesen sein, wenn ein Tuchhändler mit seinem Schneider die Burg besuchten. Aber aus welchen Stoffen wurden die Kleider angefertigt? Wolle und Leinen waren vorhanden, Seide und Baumwolle hingegen müssen unerschwinglich teuer gewesen sein.

Wie viele Menschen haben überhaupt in einer Burg gelebt? Der Burgherr und seine Familie. Sagen wir einmal fünfzehn Personen samt den wechselnden Geliebten. Dann die Handwerker wie Fleischer, Bäcker, Köche, die Maurer, Schreiner, Schlosser, und die Gefängniswärter nicht zu vergessen! Und deren Frauen und Kinder.

Und die dann alle verköstigen? Und, noch so eine wichtige Frage, wo kam das Wasser her, hier auf der Anhöhe? Aus tiefen Brunnen wahrscheinlich. Wein gab es rundherum seit der Römerzeit bereits, aber das Wasser?

Mitten hinein in ihre hausfraulichen Überlegungen platzten Thomas und sein Professor und gesellten sich zu Rosi auf die Bank.
„Schon fertig?“, fragte sie.

„Rosi“, entgegnete Thomas, „wir haben jetzt zwei Stunden hier gearbeitet! Und da fragst du, ob wir schon fertig sind?“
„Zwei Stunden? Oh je, mein Handy hat noch immer nicht geklingelt.“
„Dein Handy?“
„Ja, Thomas, ich habe eine Umleitung vom Festnetz auf mein Handy geschaltet, um den Anruf von Kommissar Petry nicht zu verpassen. Aber gemeldet hat er sich immer noch nicht.“
„Geduld, Rosi, der ruft schon noch an.“
„Ach, Herr Professor“, fragte Rosi den Gelehrten, „haben Sie denn etwas herausgefunden?“
„Frau Mohr, im Augenblick erlaube ich mir hierzu noch keine Aussage. Die Provenienz der Gesteine muss erst noch eruiert werden.“
Der Professor blickte Rosi ausdrucksvoll mit seinen klaren blauen Augen an. *Die Frau versteht mich nicht,* dachte er und wiederholte den Satz in verständlichem Deutsch.
„Die *Herkunft* der Steine muss erst geklärt werden. Und die Zusammensetzung des Mörtels natürlich auch. Dann müssen wir den Grundriss mit den uns bekannten Burgen aus dem 10. Jahrhundert verglei-chen und die Holzreste dendrochronologisch aus-

werten. Also das Holz auf sein Alter hin untersuchen“, fügte er vorsichtshalber hinzu.
„Ach“, antwortete Rosi, „einfach so können Sie uns also nicht sagen, ob die Burg echt ist?“
„Wie gesagt, aus dem Stegreif vermag ich keine Aussage zu treffen. Aber was ich sagen kann, und das gilt für alle Burgen aus dem 10. Jahrhundert: Sie sind durchweg unmittelbar nach den Normannenüberfällen erbaut worden. Daher waren sie alle auf Verteidigung ausgelegt und nicht auf Komfort, wie wir ihn heute schätzen. Sehen Sie, unser Graf Siegfried, dem Sie die Burg gerne zuordnen möchten, ist keine 50 Jahre nach diesen schrecklichen Ereignissen geboren worden. Dessen Großeltern müssen dieses sinnlose Töten und Brandschatzen hautnah erlebt haben. Solche Erlebnisse prägten die Baukunst wesentlich. Und das sogar über Jahrhunderte hinweg. Schauen sie sich nur einmal die Wohntürme der damaligen Zeit an. Der Frankenturm in Trier wäre als Beispiel zu nennen. Darin war das Leben auch noch im 13. Jahrhundert nicht besonders gemütlich. Aber zumindest einigermaßen sicher.“

Rosi schaute den Professor mit großen Augen an. Am liebsten hätte sie ihm den ganzen Abend zugehört.

39

Nach dem Mittagessen, das die drei Kommissare und Juliette in einem kleinen Restaurant eingenommen hatten, fuhren die Männer zu Tina und Claudia ins Krankenhaus. Juliette sollte die Stellung im Büro halten, was ihr recht gelegen kam, denn sie hatte noch eine Idee, die sie in Ruhe angehen wollte.

Bei einem Blumenhändler wählte René noch ein Sträußchen roter Rosen, garniert mit einigen Zweigen weißen Schleierkrauts, denn Tina liebte die grün-rot-weiße Farbkombination über alles.

Auf dem Flur begegneten sie dem diensthabenden Arzt.

„Docteur, wie geht es unseren Patientinnen?", sprach René ihn an.

Der Arzt musterte den Commissaire von Kopf bis Fuß.

„Monsieur", pflaumte er ihn an, „Sie wissen, dass ich Fremden keine Auskunft über den Zustand eines Patienten geben darf."

„Docteur", wies René den Arzt zurecht, „erstens bin ich Commissaire en Chef der Police Judiciaire, und zwar im Amt. Und zweitens ist Ihre Patientin, Frau Rubkow, meine Braut!"

Auf diese Aussage hin schaute Inspektor Karl den Luxemburger groß an und dachte: *Freundin eventuell, aber Braut?*
„Kommen Sie in mein Büro, Commissaire", bat ihn der Arzt eine Spur freundlicher.

Unter vier Augen berichtete er schließlich von den Verletzungen der Frauen und schloss mit der Feststellung: „Die Kommissarin wird das viel besser wegstecken als die andere Patientin, denn sie ist psychisch wesentlich stabiler. Frau Mohr hingegen scheint insgesamt etwas labiler und empfindlicher zu sein. Wir mussten sie vorübergehend sedieren, damit sie das Trauma leichter verarbeiten kann. „Docteur, wir wollen die Kommissarin alleine sprechen. Wäre das möglich?" „Commissaire, das lässt sich einrichten, Ich kümmere mich darum."
„Merci Docteur."
„Aber bitte nur fünf Minuten, auch die Kommissarin benötigt ihre Ruhe. Und bitte nichts Berufliches besprechen, jetzt bei Ihrem ersten Besuch!"

Na, geht doch!, dachte René zufrieden.

Tina wirkte bereits recht munter. Ihr rechtes Knie lag, mit einem runden Kühlbeutel versehen, erhöht

auf einer Stütze, ihren Nacken zierte eine Halskrause. René bückte sich zu ihr herunter und küsste sie zärtlich. „Chérie, wie fühlst du dich heute?“ Er legte ihr die Rosen auf den Nachttisch.
Inspektor Karl staunte.
„Geht schon besser. Vielen Dank, Chéri. Habt ihr die Autobahn-Schweine gefasst?“
„Ja, keine Sorge, die tun niemandem mehr was.“
Tina verzichtete auf weitere Erklärungen.

Claudia wirkte blass in ihrem Krankenbett und dämmerte vor sich hin, ihre rechte Hand steckte in einem dicken Verband, um ihren Hals trug sie ebenfalls eine Halskrause.

„Na, Mädels, wie geht es euch?“, wagte Pif einen aufmunternden Gruß.
„Schön dass ihr da seid“, freute sich Tina, während Claudia immer noch keine Regung zeigte.
„Ihr macht vielleicht Sachen!“, meinte René und streichelte zärtlich Tinas Wange.
„Karl, du hier?“, fragte Tina sofort.
„Wie du siehst!“
Tina schaute verblüfft in die Runde.

„Stimmt was nicht?“, wunderte sich Pif, denn diese sonderbare Stimmung zwischen Tina und René hatte er noch nie erlebt.

Es klopfte an der Tür, und zwei Pfleger holten Claudia für eine weitere Untersuchung ab. Sie rollten das Bett hinaus, was einiges Manövrieren erforderte. Alle vier begrüßten diese Unterbrechung. Plötzlich meldete sich Karls Handy. Sofort rief er die Mail ab.
„Oh ha!“
„Was Neues?“, fragte Pif.
„Und ob. Ein Moment bitte noch.“ Dann blätterte er in den Fotos, die gerade angekommen waren und erklärte seinen Kollegen:
„Wir haben ja die Pharmafirma in Prag beobachtet und ihr Telefon abgehört. Inspektor Franz, einer der wenigen, in den ich noch Vertrauen habe, hat mir das Resultat gesendet. Die Nummern der Gesprächsteilnehmer sagen mir nichts, aber hier: Hier ist ein Foto des Mannes, dessen Bild sich auf dem Zeitungsausschnitt befindet. Der war gestern Abend spät in der Firma und hat sich heute Morgen in aller Frühe von einem Taxi abholen lassen.“
Karl zeigte Pif und René das Foto.
„Kann ich das auch mal sehen?“, bat Tina.

Tina stutzte. „Wo habe ich dieses Gesicht schon einmal gesehen?"
„Tina, das kann nicht sein, den kannst du nicht kennen!", behauptete Pif.
„Nein, das kann nicht sein!", bekräftigte René.
„Und, wer soll das sein?", erkundigte sich Tina.
„Das ist Jacques Beauvais, der Organisator des Marktes für gefälschte Medikamente für Frankreich, Spanien und Benelux. Franz vermutet allerdings, dass er der Chef des ganzen Unternehmens sein könnte. Ich hingegen vermute, dass es in Deutschland noch einen Organisator geben muss. Den kennen wir nicht. Noch nicht. Jedenfalls ist dieser Kerl", er zeigte noch einmal auf das Foto, „ein hochgefährlicher Mann, einer, der beim Geschäftemachen über Leichen geht. Das hat Franz heute herausgefunden."
„Wo habe ich den bloß schon mal gesehen?", zermarterte Tina sich den Kopf. Plötzlich kam ihr ein Gedankenblitz. „Reiche mir mal Claudias Rucksack herüber!"
René schaute sie groß an. *Woher will Tina diesen Mann kennen? Und was will sie mit Claudias Rucksack? Vielleicht hat Tina ja doch eine Gehirnerschütterung*. Tina kramte in dem Sack. Plötzlich erinnerte sie sich an den Reißverschluss und zog das Foto des Unbekannten hervor.

„Meint ihr vielleicht diesen Mann?“

Die Verblüffung war komplett.
„Tina, wie in aller Welt bist du an dieses Foto gekommen?“
„Das müsst ihr Claudia fragen! Ich habe keine Ahnung, wer das sein könnte.“ Genüsslich lehnte sie sich wieder zurück in ihre Kissen.
„Übrigens“, wollte sie schließlich wissen, „was ist mit meinem Wagen?“
„Meine liebe Tina“, sagte Pif mitfühlend „dein guter Corrado hat gestern seine letzten Kilometer gefahren.“
„Das darf doch nicht wahr sein! Mein geliebter Corrado! Was tut ihm denn weh?“
Pif brauchte nicht groß aufzuzählen. „Tina“, erklärte er ihr, „dein Corrado ist ein einziger Totalschaden.“
Ganze sechs Minuten hatte der Arzt gewartet, dann kam er in das Patientenzimmer und drängte die Kommissare zum Abschied.

Tina aber standen die Tränen in den Augen.

40

Als die Kommissare zurück in Renés Büro kamen, strahlte Juliette sie voller Stolz an.
„Was ist Ihnen denn untergekommen?", fragte René seine Assistentin.
„Passiert ist mir nichts, aber ich habe etwas herausgefunden."
Die drei Kommissare waren ganz Ohr. „Nun erzählen Sie schon!", drängte René.
„Ich habe mir gerade alle Passagierlisten von allen Airlines senden lassen, die von hier, von Saarbrücken und von Frankfurt-Hahn nach Prag und zurück fliegen. Die Listen von diesem Jahr waren kein größeres Problem, die vom vergangenen Dezember aber sind bereits in den Archiven, die habe ich auch angefordert, und die werden heute noch hereinkommen."
„Interessante Idee", lobte Pif Juliettes Versuch.
„Ja, sehr aufschlussreich. Ich habe nämlich darüber hinaus alle Personen herausgefiltert, die zweimal hin und her geflogen waren. Und alle, die noch öfter hin und her geflogen waren. Besonderes Augenmerk habe ich auf die Samstags- und Sonntagsflüge gelegt. Ich bin dabei, die Geschäftsleute und die Ban-

ker da herauszufiltern, die, nehme ich einmal an, haben mit der Sache nichts zu tun."

Die drei Männer ärgerten sich insgeheim. Juliette war erst im zweiten Monat bei René als Assistentin tätig und schon zeigte sie den drei gestandenen Kommissaren, wo es langging. Was für eine Blamage!

René konterte als Erster.
„Sind Sie sicher, Juliette, dass die nur mit dem Flugzeug gekommen sind?"
„Nein, natürlich nicht", antwortete Juliette, „aber von Prag nach Luxemburg, das dürften so um die 800 Kilometer sein. Und, da habe ich mir gedacht, dass nicht jeder gerne 1600 Kilometer in zwei Tagen fährt. Da ist dann logischerweise eine Flugverbindung komfortabler."
„Diese Logik hat was für sich", meinte Petry.
„Und hier ist die Liste der Personen, die für uns interessant ist. Unter den Leuten könnte sich ..."
„Zeigen Sie mir mal bitte die Liste, Juliette!" Inspektor Karl hielt seine Hand in Richtung der Assistentin.
„Schauen Sie einmal, Inspektor!" Sie deutete auf einen Namen. „Hier, diese Elvira war mehrfach un-

terwegs. Auch hauptsächlich samstags und sonntags."

Als Karl den vollen Namen las, erschrak er. „Hab ich es mir doch gedacht!"
Er zog sein Handy aus der Innentasche seiner Jacke und wählte eine Nummer. „Forty-one, two, one!", sprach er in den Hörer, ohne eine weitere Erklärung abzugeben. Dann beendete er das Telefonat.
„*Einundvierzig* ist eine Hausnummer, allerdings verdreht. *Zwei* heißt ein zweites Handy, zur Not das der Ehefrau. *Eins* bedeutet soviel wie den Chef anrufen, also mich. Ich habe Franz gebeten, nach Hause zu fahren und mich mit dem Handy seiner Frau auf mein neues Handy anzurufen. Nur Franz und Friedrich kennen diese Nummer. Ich weiß nämlich jetzt, dank der fabelhaften Arbeit von Juliette, wer unser Maulwurf ist."
René und Pif sahen Juliette groß an.
„Kompliment! Juliette, das haben Sie großartig gemacht", sprach Pif der jungen Frau ein Lob aus.
„Donnerwetter! Chapeau!", lobte auch René, halb anerkennend, halb eifersüchtig seine Assistentin.

Als Karls Handy klingelte, folgte ein längeres Telefonat in einer Sprache, die keiner verstand. Geduldig warteten die anderen auf das Ende des Gesprächs. Zufrieden steckte Karl das Handy wieder ein und erklärte:

„Franz war außer sich, er hatte einen anderen Inspektor verdächtigt. Die große Elvira wird jetzt sofort vorläufig festgenommen und isoliert. Ihr Handy wird überprüft, damit besteht für uns die Chance, an ihre Kontaktleute heranzukommen. Der Staatsanwalt wird aufgrund der Beweise keine Schwierigkeiten haben, den Haftbefehl auszustellen."

„Soll ich Ihnen die Passagierlisten ausdrucken?", fragte Juliette.

„Danke nein, mailen Sie mir bitte das Ganze an meine Adresse in Prag. Inspektor Franz hat meine Erlaubnis, meinen PC abzufragen. Der kann dann die Listen an den Staatsanwalt weiterleiten." Er reichte Juliette einen Zettel. „Hierhin bitte."

„Karl", fragte René anschließend, „du hast gerade gesagt, die *große Elvira*. Was meinst du damit?"

„Die Elvira misst wenigstens einen Meter neunzig. Beruflich ist sie keine große Leuchte. Warum fragt ihr?"

Pif und René schauten sich vielsagend an. Die *große* Elvira, schau an!

„Karl", erklärte René, „kurz vor dem Mord an unserem Apotheker hier in Luxemburg hatte dieser Besuch von einem Paar, bei dem die Frau wesentlich größer war als der Mann. Eine deutlichere Beschreibung liegt uns nicht vor."

„Und kurz vor dem Mord an unserem Trierer Chemiker war ebenfalls ein Paar bei ihm, bei dem die Frau größer als der Mann gewesen sein soll", ergänzte Pif.

„Elvira? Glaubt ihr, *sie* könnte das gewesen sein?", fragte Karl skeptisch.

„Ja, könnte doch möglich sein", spekulierte René. Pif nickte.

„Fragt sich nur, wer der Mann war", bemerkte Juliette.

„Allerdings. Aber das müsste herauszufinden sein", beruhigte Karl seine Kollegen.

„Dann fehlt uns immer noch dieser Mann, dessen Foto Claudia bei sich trägt, dieser Beauvais", sagte René.

„Beauvais ... Beauvais", überlegte Juliette, „so einer ist häufiger diese Strecke geflogen. Moment."

Sie überflog die letzte Liste und triumphierte.

„Ein gewisser Jacques Beauvais ist heute Vormittag in Luxemburg gelandet." Sie schaute auf die Uhr. „Vor fünf Stunden."

„Diese Krake *hier*? Das ist ja entsetzlich!" René war außer sich.

„Hätten wir das nur früher erfahren!", stöhnte Pif. „Jetzt ist der in aller Seelenruhe untergetaucht und zieht seine Fäden im Verborgenen. Auch das noch!"
„Hätten wir bloß die Claudia wieder bei Bewusstsein!", jammerte René „die könnte uns weiterhelfen." Er griff zum Handy und rief Tina an.
„Die Claudia, mein Lieber", berichtete sie, „die ist zurück von der Untersuchung, aber jetzt schläft sie so tief, keine zehn Pferde kriegen die wach. Sie haben sie unter irgendwelche Schlafmittel gesetzt."
„Chérie, sobald sie auch nur das geringste Lebenszeichen von sich gibt, musst du von ihr erfahren, wer dieser Jacques Beauvais ist und wo der untergetaucht sein könnte. Der ist nämlich hier. Und ihr beiden, passt gut auf euch auf!" Sorgenvoll legte René auf.

„Und ich glaube, dass uns noch eine weitere Figur fehlt, eine, die bis dato noch nicht zu greifen war", fuhr Pif fort, „ich glaube nämlich nicht, dass dieser Beauvais den französischsprechenden Raum und den deutschsprachigen Raum zusammen bedienen kann. Allein schon wegen der Sprachen."
„Auch dieser riesige Markt scheint mir für eine Person unüberschaubar", stimmte René mit ein. „Wir untersuchen jetzt erst einmal, wohin die Taxis die

Passagiere aus dieser Maschine gebracht haben. Da kommen wir vielleicht auf eine Spur."
„Mache ich", bot sich Juliette an, „und ich untersuche ebenfalls die Mietwagenfirmen. Wer weiß, womit der Kerl sich fortbewegt."

41

Auf der Heimfahrt eröffnete Thomas seiner Schwiegermutter in spe, dass der Professor ihn noch in seinem Büro an der Uni sprechen wollte. Er habe dort noch weitere Unterlagen über die Moselburg, die für die Forschung von Bedeutung sein könnten.
„Ich glaube nämlich", spekulierte Thomas, „dass mein Prof sich ehrlich für meine Theorie interessiert."
„Sonst hätte er nicht den ganzen Nachmittag mit dir geforscht", gab Rosi ihm recht. „Der hat bestimmt noch andere Dinge zu tun."
„Ja klar, was meinst du, wie lange der sich für eine einzige Vorlesung vorbereitet? Da gehen viele Stunden drauf. Das merkt man aber auch, denn immer wieder überrascht er uns mit was Neuem. Oder er betrachtet die Dinge plötzlich aus einem völlig anderen, unerwarteten Blickwinkel."
Rosi war begeistert. „Es muss bestimmt hochinteressant sein, an solch einer Vorlesung teilzunehmen."

„Rosi", fragte Thomas, als sie die Stadt erreicht hatten „kann ich dich zuhause absetzen und dich dann in einer Stunde wieder abholen? Ich glaube nicht, dass der Professor begeistert wäre, wenn ich dich im Schlepptau hätte."

„Thomas, darum wollte ich dich auch gerade bitten. Ich habe nämlich noch einiges zu erledigen. Aber, beeil dich, ich weiß ja nicht, wann der Kommissar anruft und wie der Abend abläuft."

Thomas ließ Rosi in der Rindertanzstraße aussteigen und fuhr zügig weiter.

Rosi glaubte zu schweben. Die Burg schien eine echte Entdeckung zu sein, der Dozent war ein ausgesprochen interessanter Mann von gewinnendem Charme, und darüber hinaus würde ihre Tochter bald wieder wohlbehalten zuhause sein. Und Claudias Schlafzimmer war fertig gestrichen. Also alles wieder im Lot.

Sie schloss die Haustür auf und stieg die Treppe zu ihrer Wohnung hoch. Dann steckte sie den Schlüssel in das Schloss, merkte aber, dass die Tür nur angelehnt war. *Habe ich die denn nicht abgeschlossen, als ich fortging? Das kann doch gar nicht sein!* Zögerlich betrat sie ihre Wohnung, stellte ihre Handtasche auf die kleine Kommode, ließ die Tür aber angelehnt. Lautlos schlich sie durch den Flur. Für einen Moment

stand sie regungslos da, wusste nicht so recht, was sie jetzt tun sollte.
Plötzlich nahm man ihr diese Entscheidung ab. Sie hörte ein Räuspern und erschrak heftig.
„Komm rein, Rosi!", forderte eine Stimme sie auf.
Rosi ging mit klopfendem Herzen bis ins Wohnzimmer. Da saß er. Auf dem Sofa. Er hatte sich ein Glas Wein eingeschenkt und eine Zigarette angezündet.
„Jack! Du? Hier?"
„Ich habe dir doch versprochen wiederzukommen. Und hier bin ich."
Erleichtert näherte sich Rosi ihrem Schwarm.
„Setz dich!", befahl er ihr in einem schneidenden Tonfall, den Rosi noch nie von ihm gehört hatte.
„Was macht deine Tochter in Prag?" Die Frage kam messerscharf.
„Sie ist dorthin entführt worden", erwiderte Rosi verunsichert. „Heute Abend wird sie wiederkommen … Kommissarin Tina Rubkow holt sie ab …"
„Stimmt nicht!", fiel er ihr barsch ins Wort, „sie ist bereits gestern Abend angekommen. Wo ist sie? Raus mit der Sprache!"
Was ist bloß mit Jack los? Warum ist der plötzlich so abweisend, ja, sogar richtig feindlich gestimmt?

„Das ist das Erste, was ich höre. Der Kommissar sagte mir, sie käme heute zurück."
„Nun belüg mich nicht!", schrie Jack und griff sie fest am Handgelenk.
Rosi schrie auf. „Aua, du tust mir weh!"
„Wenn du mir nicht antwortest, tut es noch mehr weh! Viel mehr weh!" Er stand auf.
„Aber ich schwöre dir, ich weiß nicht, wo Claudia sich befindet! Schau mal, ich habe für heute ein Willkommensessen vorbereitet. Da siehst du doch, dass ich erst heute mit ihrer Rückkehr gerechnet habe."
Jack drückte ihr Handgelenk fester.
„Aua!", schrie sie. Ihr war es recht, wenn die Nachbarn sie hören würden. Aber das Fenster war geschlossen. Und der Straßenverkehr übertönte das Wenige, das man von ihr noch hätte vernehmen können.

Rosis Herz pochte, der Angstschweiß trat ihr aus allen Poren, sie rang nach Luft. *Wie kann ein Mensch sich nur so verändern?*, fragte sie sich. *Ich habe ihn einmal geliebt, fast hätte ich mich ein zweites Mal auf ihn eingelassen*. Die Ohrfeige traf sie unvorbereitet. Trotzig schrie sie ihn an.

„Das hilft dir auch nicht weiter! Du kannst mich totschlagen, aber ich weiß nichts. Verdammt noch mal, ich weiß nichts! Aber jetzt … jetzt bin ich selbst in Sorge um Claudia."

Jack schwieg. Die Spannung stieg. Rosi fragte sich, ob er noch überlegte oder bereits einen Plan gefasst hatte. „In einer halben Stunde kommt mich mein Schwiegersohn abholen." Rosi wollte Druck auf Jack ausüben.

„Wir müssen hier verschwinden, du hast Krach genug veranstaltet."

„*Du* verschwindest, nicht wir!" „Glaubst du wirklich, Rosi, ich würde dich jetzt hierlassen? Dann käme ich nicht weit. Nein, nein, du kommst schön mit! Los!"

Wieder umschloss er mit aller Kraft ihr Handgelenk. Sie schrie auf.

„Nun gib endlich Ruhe", herrschte er sie an, „oder ich ...!"

„Oder was?", antwortete Rosi trotzig. In der Situation, in der sie sich befand, hielt sie es für besser, ihm ihre Angst nicht zu zeigen.

Unerwartet hielt er eine kleine Pistole in der Hand. „Oder das hier! Was ist dir lieber? Komm!" Er zerrte an ihr. Im Vorbeigehen ergriff sie noch ihre Tasche.

Widerwillig musste sie ihm folgen. Als sie an der Treppe angekommen waren, schaute er nach oben und dann nach unten zur Haustür. Rosi spürte etwas Kaltes in ihrem Nacken. Die Vorstellung, es wäre die geladene Waffe, ließ sie erschauern. Aber sie hatte keine Wahl. Mit weichen Knien stieg sie Stufe um Stufe hinab zur Haustür. „Öffnen!“, befahl er ihr.

Rosi tat, wie ihr befohlen. Sie traten hinaus auf den Gehweg. Jack schmiegte sich nahe an sie. *Damit niemand seine Waffe sieht,* dachte Rosi. *Aber, was nun?*
„Hierhin!“ Unsanft drückte er sie um die Ecke in die Kochstraße. *Soll ich Passanten um Hilfe bitten? Besser nicht, sonst löst sich der Schuss schneller als mir lieb ist* … „Weiter!“, kommandierte Jack und zog einen Autoschlüssel aus der Tasche, an dem er einen Knopf drückte. Einer der Wagen reagierte. Es war ein auberginefarbener Mercedes der C-Klasse.

Jack öffnete die Beifahrertür und drückte Rosi auf den Sitz. Dann knallte er die Tür zu. Behände setzte er sich hinters Steuer und startete den Wagen. *Wessen Wagen fährt er denn jetzt? Ein Trierer Kennzeichen. Ein Mietwagen?*
„Wohin entführst du mich?“, fragte sie ängstlich.
„Schnauze!“

Hat er einen Plan oder hat er keinen? Was soll ich machen? Wohin geht die Reise? Ganz schnell aber merkte Rosi, dass Jack nur planlos in der Stadt herumfuhr. *Aha, er hat also keine Strategie parat!*

„Dein Benzin geht zur Neige!“, meinte Rosi.
„Scheißkarre! Ich fahre nach Wasserbillig tanken. Wenn du auch nur einen Mucks machst, erschieße ich dich!“
„Ja klar, mitten auf der Tankstelle … das ist einen Versuch wert!“
„Halts Maul! So kann ich nicht denken.“
„Na, dann denk mal schön!“

Rosis Handy klingelte. *Das muss der Kommissar sein. Oder vielleicht Thomas, wer weiß?*
„Du gehst nicht ran! Gib das Ding her!“
Wohl oder übel musste Rosi gehorchen. Jack griff das Handy und schleuderte es zum Fenster hinaus.
„Ein Handy kann geortet werden, weißt du das nicht?“, fragte sie ihn.
„Doch, weiß ich, aber ehe es geortet ist, sind wir weg.“
„Und wohin?“
„Wo uns niemand findet!“

Hier in der Stadt herumkurven, ist ja nicht gerade ein gutes Versteck, dachte Rosi.
„Und wo soll das sein?“
„Weiß nicht. Halt die Klappe!“

Aha, brutal aber ziellos! Du armes Würstchen, dein Verstand ist wohl bei einem Meter fünfzig stehen geblieben, als du gewachsen bist.

„Und du?“, fragte er schließlich, „hast du eine Idee?“
„Nein, habe ich nicht. Das hier ist *dein* Plan, nun schau zu, wie du klarkommst. Wenn du mich tötest, hast du ein Problem mehr am Hals.“ Rosi merkte, dass sie ihre Furcht allmählich im Griff hatte und besser denken konnte als er. Das beflügelte sie.

An der Tankstelle verhielt sie sich ruhig. Das hielt sie für klüger, als später eine Kugel zu riskieren. *Dass er mich nicht gleich umgebracht hat, halte ich für ein gutes Zeichen. Aber ich muss mir einen Plan zurechtlegen, von dem ich annehmen kann, größere Chancen zu haben, um unbeschadet aus der Sache herauszukommen. Mein Handy würde gefunden werden, Jacks Weinglas und die Zigarette könnten ihn über eine DNA identifizieren, und, wenn Thomas in die richtige Richtung denkt, dann könnte es klappen. Mehr Hypothesen als Anker, aber immerhin.*

Beauvais schwang sich in das halb vollgetankte Auto.
„Einssechsunddreißig!“, fluchte er. „Und ich habe gedacht, der Sprit wäre hier in Luxemburg geschenkt.“
„Ich habe Hunger“, behauptete Rosi.
Jack stieg noch einmal aus, betrat erneut den Laden und musste sogar einige Minuten an der Theke verbringen, ehe er bedient wurde.

Rosi hatte nämlich einen Mann in Uniform gesehen, der ebenfalls einen Wagen betankte. Sie versuchte, auf sich aufmerksam zu machen. Der Mann aber wandte ihr den Rücken zu. Schnell griff sie in ihre Handtasche und zog den Kugelschreiber heraus. Damit schrieb sie in Großbuchstaben das Wort *Help* in ihre linke Handfläche. Diese hielt sie an das Fenster. Leider schaute der Mann nicht zu ihr herüber.

Jack kam zurück mit zwei belegten Semmeln und zwei Flaschen Wasser. Dann fuhr er endgültig wieder zurück nach Trier. Als sie mit dem Wagen die Sauerbrücke überquerten, deutete Rosi auf den Hü-

gel, der sich gleich auf der deutschen Seite über der Kurve erhob.
„Schau mal, da oben, da hat man bestimmt eine schöne Sicht auf die Gewässer."
Jack schaute in die Höhe. Tatsächlich, der Ort sah gut aus. Menschenleer und verträumt präsentierte sich die Anhöhe in den letzten Sonnenstrahlen.
„Wie kommt man da hinauf?", fragte er.
„Weiß nicht", log sie, „wahrscheinlich durch das Dorf. Zur anderen Seite habe ich noch keine Straße gesehen, die da hinaufführen soll."

Als sie oben angekommen waren, staunte Jack über die herrliche Lage des ganzen Geländes. Dann erblickte er die Ruinen; sein Gesicht nahm einen entspannteren Ausdruck an. *Der denkt an ein Versteck,* schoss es Rosi durch den Kopf.
Sie setzten sich auf eine Bank und aßen schweigend eine Semmel. Rosi wollte nicht drängen. Die Zeit, und das wusste sie, war ihre wichtigste Verbündete. *Die leere Wohnung wird bereits entdeckt worden sein, mein Handy vielleicht auch. Das Glas, die Zigarette. Zeit gewinnen, ist jetzt oberstes Gebot.*

Beauvais erhob sich und tat, als würde er sich die Gegend anschauen. Rosi beobachtete ihn genau. *Er sucht ein Plätzchen, von wo aus er ungestört telefonieren kann,* dachte sie.

Als er in den Ruinen verschwand, schlich Rosi sich näher an den Eingang heran und horchte.
„Wolfgang, ich brauch deine Hilfe", hörte sie ihn sagen.
Wolfgang, wer ist Wolfgang, fragte sie sich.
„Immerhin hast du mir dein Auto angeboten. Wie du hierhin kommen kannst, ist jetzt deine Sache", sagte Jack. „Komm bloß nicht mit einem Taxi."
Eine Pause trat ein. Dann entgegnete Jack: „Nein, ich kann's nicht. Mach du das, du bist schließlich der Chef. Auf jeden Fall lautlos. Du findest mich in Langsur auf der Höhe. Und beeil dich!"

Also benötigt er Hilfe, um mich umzubringen. Ich habe noch eine halbe Stunde zu leben, dachte Rosi.

42

Wolfgang Mertens war von Jacks Anruf in seiner Pförtnerloge der Firma Baco überrascht worden. Erst einmal brachte er Ordnung in seine Gedanken. *Wieso ist der Beauvais jetzt hier? Gestern hat er mich noch aus Prag angerufen. Und heute kutschiert er hier in der Landschaft herum. Ich habe ihm schon vor Wochen meinen Mercedes zur Verfügung gestellt, selbst fahre ich eine alte Krücke. Aber, dass ich mir einen anderen fahrbaren Untersatz besorgt habe, muss er nicht unbedingt wissen. Gut, so ein bescheidenes Auto ist wahrscheinlich für mich die bessere Tarnung, bis wir alles organisiert haben und endlich unseren großen Coup landen können. Falls das alles unter den neuen Bedingungen überhaupt noch klappen kann. Aber, wenn doch, dann werde ich dem Jack noch höchstpersönlich zeigen, wer hier der Chef ist.*

Auf der anderen Seite, dachte Mertens, *so zuverlässig und rücksichtslos wie er, ist kein anderer in unserer Organisation. Wenn ich es recht überlege, ist er sogar unersetzlich, was mich ja auch bewogen hat, immer großzügig mit ihm umzugehen. Gerade, wenn es darum geht, einen Zeugen zu eliminieren, ist er jedes Mal der Erste, der sich anbietet, denn er kennt alle Tricks und Kniffe und arbeitet, ohne Spuren zu hinterlassen. Besonders in Prag bei den drei renitenten Apothekern hat er hervorragende Arbeit geleistet. Verweigerung kann ich in diesem Geschäft nicht dulden. Und ausgerechnet der Jack, nach dessen Namen ich die Operation ‚Santiago' genannt habe, der kneift jetzt plötzlich? Was für eine schäbige Memme! Ich hatte so große Hoffnungen in ihn gesetzt!*

„Hast du endlich herausbekommen, wo sich die Mädels befinden?", fragte er Jack mit ungezügelter Ungeduld.
„Nein, nichts zu machen."
„Ich gebe dir noch eine Stunde."

Mertens blickte auf seine Armbanduhr. *Zu dumm,* erinnerte er sich, *dass die Kommissarin die Breitling gesehen hat. So ein Juwel passt nicht zu einem ‚Pförtner'. Hoffentlich hat die sich nichts dabei gedacht.*

Eigentlich hatte Mertens erst in zwei Stunden Feierabend. Er setzte sich noch einmal und überdachte weiterhin die Lage. *Zwei wichtige Männer, die bis jetzt immer treue Dienste geleistet haben, sind einfach von der Bildfläche verschwunden. Mit dem Luxemburger Apotheker hatten sie ja nicht viele Probleme, behaupteten sie jedenfalls. Auch nicht mit der portugiesischen Putzfrau, das war dann eben ein Kollateralschaden. Wie kann man auch um fünf Uhr in der Frühe mit der Arbeit beginnen?*

Die Elvira meldet sich nicht, das bereitet mir viel größere Sorgen. Zum Glück konnte sie noch die Bestellungen bei unseren Lieferanten stornieren, wenigstens solange, wie die Überwachung der Prager Zentrale noch läuft. Ja, diese Überwachung! Auch so ein Thema. Und was war das eigentlich für ein Zwischenfall mit den beiden Fahrern? Kein Wort darüber ist aus ihnen herauszukriegen. Haben wir den beiden diese Überwachung zu verdanken?

Und zu allem Übel kommt Beauvais hier auch nicht weiter. Kein Schwein weiß, wo sich die Mädels befinden. Das sieht neuerdings alles ziemlich übel aus. Wir sahen uns ganz nahe am Ziel! Gerade weil der Laden hier so gut läuft, seit dieser ... dieser, wie hieß er noch? Ach ja, Mohr. Seit der Mohr meinen Cocktail getrunken hat. Der wollte ja auch nicht mitmachen!

Es ist immer wieder dieselbe Taktik: Die Leute löchern einen mit Fragen, und wenn sie alles wissen, dann machen sie nicht mehr mit. Aber dann wissen sie bereits zu viel und werden zu einem unberechenbaren Risiko.

Leider konnte ich nie herausfinden, wer dieses Hinkebein war, das nachts hier herumgeschnüffelt und bei der Produktion des gefälschten Viagra zugesehen hat.

Und dieser ganze Aufwand, das soll jetzt alles für die Katz gewesen sein?!
Aber im Augenblick ist größte Vorsicht geboten. Größte Vorsicht!

Entschlossen und in Eile packte er seine Siebensachen zusammen, führte noch ein längeres Gespräch mit dem Tower in Föhren und machte sich schließlich auf den Weg.

43

Diese ganze Sache zehrte Pif gehörig an den Nerven. Unruhig rutschte er auf seinem Stuhl in Renés Büro hin und her. *Ein Anschlag auf eine Kriminalkommissarin, die Tina mit der Claudia im Krankenhaus, eine Entführung, die keine war, vier tote Apotheker, ein ermordeter Chemiker, zwei Unfallopfer,* zog er Bilanz. *Mein Gott, wann hört das mal auf? Und ich muss endlich bei der Mutter Mohr Farbe bekennen und schauen, dass sie zu ihrer Tochter gebracht wird. Heute noch, sonst gibt es richtig Ärger. Aber diese Passagierliste, die hat im Augenblick absolute Priorität.*

„Juliette", fragte er, „bitte zeigen Sie mir ebenfalls die Liste der Passagiere. Ich kenne da einige Leute, die sehr wohl darauf stehen könnten." Besonders dachte er an Leute wie Albers, Schilling, Becker und Kirsch, alle Baco-Leute.

Es dauerte eine geraume Zeit, bis Pif diese drei Seiten durchgelesen hatte. Manchmal stutzte er, dann las er wieder weiter. *Mein Gedächtnis hat nachgelassen,* dachte er, *keiner dieser Namen will mir so recht etwas sagen.* Er ging die Liste ein weiteres Mal durch, schließlich hielt er inne.

„Hier steht ein Name“, teilte er den anderen mit, „der sagt mir irgendetwas, aber ich muss Tina einmal fragen.“ Also rief er Tina im Krankenhaus an.
„Hallo Tina, alles okay? Wie geht es Claudia? Immer noch am Schlafen? Dann müssen wir noch abwarten. Pass mal auf, sagt dir der Name Wolfgang Mertens etwas?“
Diesmal dauerte die Pause etwas länger. Pif lauschte gebannt.
„Bist du sicher? Gut, das versuchen wir ...“
Pif drückte die Lautsprechertaste.
„Du, Pif, eines ist mir merkwürdig vorgekommen, das letzte Mal, als ich den gesehen habe. Da trug er eine fette goldene Breitling am Handgelenk. Zwar behauptete er, sie sei nur eine Kopie, aber im letzten Moment fiel ihm wohl ein, dass er sich dabei strafbar machen würde. Daraufhin wollte er mir verklickern, es handele sich um ein billiges Werbegeschenk. Ich bin aber überzeugt davon, dass die Uhr echt war.“
„Tina, bist du wirklich sicher?“
„Ja, aber zu einem Pförtner passt eine solche Uhr nicht, die kann locker einen Wert von wenigstens einem ganzen Durchschnittsjahresgehalt haben.“
„Das lässt nur zwei Schlussfolgerungen zu: Entweder hat er fette Nebeneinkünfte oder aber seine Tä-

tigkeit ist nur vorgeschoben, er also in Wirklichkeit diesen Job nur als Tarnung benützt", überlegte Pif.
„Es gibt noch eine dritte Möglichkeit, Pif. Die Uhr könnte schlichtweg gestohlen sein."
Tina sah die Sache ganz einfach. „Dann müssen wir uns den schnappen und unter die Lupe nehmen. Kommissar Steinbach vom Dezernat für Eigentumsdelikte kann uns bestimmt mitteilen, ob und wo eine goldene Breitling vermisst wird."
„Wäre schön, aber wir haben nicht den geringsten Anhaltspunkt für eine Festnahme."
„Also, ehrlich, ich würde hingehen und mir die Papiere der Uhr zeigen lassen. Eine Rechnung, eine Garantie, vielleicht eine Versicherungspolice."
„Tina, nun werde du mal schön gesund, das sehen wir dann später. Und gute Besserung!"

Als er das Gespräch beendet hatte, wandte er sich an seine Kollegen.
„Ihr werdet es nicht glauben", sagte er, „aber die Tina scheint sich zu erinnern, dass der Pförtner der Firma Baco so heißt. Ich denke, dieser Vermutung sollten wir auf den Grund gehen. Dafür muss ich Albers, den Chef, noch einmal befragen. René, kannst du mir das Gespräch vermitteln?"
„Aber gerne."

Es dauerte keine zwei Minuten und Albers selbst meldete sich.

„Bernd Albers am Apparat. Mit wem spreche ich?"

„Herr Albers, hier Kommissar Petry von der Mordkommission in Trier. Herr Albers, mein Luxemburger Kollege Commissaire Molitor und ich arbeiten mit einem Prager Kollegen an dem Mordfall Mohr. Arbeitet in Ihrer Firma jemand namens Wolfgang Mertens?"

Albers tat überrascht. „Mit einem Prager Kommissar? Welche Kreise zieht denn diese Sache noch?"

„Herr Albers, beantworten Sie einfach nur meine Frage: Beschäftigen Sie jemand mit Namen Wolfgang Mertens in Ihrer Firma?"

„Ja, natürlich, das ist unser Pförtner, der ist unauffällig."

„Herr Albers, schauen Sie doch einmal nach, ob Ihr Pförtner in seiner Loge sitzt. Wir würden ihn nämlich gerne sprechen."

„Unseren Pförtner möchten Sie sprechen? Moment, ich schaue nach." Albers klang erstaunt.

Juliette meldete sich. „Herr Petry, das ist aber eine ganze Weile her, dass er mit einem Linienflug zweimal hin und zurück geflogen ist. Das war im Januar, seither nicht mehr."

Pif nickte. „Danke, Juliette. Prüfen Sie bitte weiter alle Passagierlisten nach Prag und zurück. Von allen Airlines."

„Aber natürlich."

Nach kaum zwei Minuten meldete sich Albers bei Petry zurück: „Herr Kommissar? Also, der Mertens ist nicht mehr an seinem Posten, und alle seine persönlichen Sachen sind weg."

„Keine Panik, Herr Albers", beschwichtigte Pif den Chef, „nimmt er die denn sonst nicht mit nach Hause?"

„Herr Kommissar, das weiß ich nicht. Ich weiß nur, dass er sich nicht abgemeldet hat."

„Haben Sie die Adresse seines Wohnsitzes, Herr Albers?"

„Ja, natürlich, einen Moment, ich frage im Personalbüro nach."

Pif wurde ungeduldig.

„Herr Kommissar", meldete Albers sich zurück „der wohnt hier ganz in der Nähe, in der Dasbachstraße Nummer 83."

„Vielen Dank, Herr Albers. Ich melde mich."

Pif knurrte etwas. Die Kollegen schauten ihn verdutzt an.
„Die Dasbachstraße“, erklärte er, „die kenne ich, da gibt es keine Nummer 83, die ist viel kürzer. Den Mann müssen wir zur Fahndung ausschreiben.“

44

Thomas freute sich riesig auf den Abend. Er blieb nicht mehr lange bei seinem Professor an der Uni, gerade die nötige Zeit, um bei ihm nicht negativ aufzufallen. *Burg hin, Burg her,* dachte er sich und jagte den Wagen nach Hause, wo er sein Chaos in einen Karton warf und mit einem Fußtritt unter das Bett beförderte. Er räumte die Küche so gut auf, wie er es eben konnte, wischte sogar die Zahnpasta vom Waschbecken ab und bugsierte das Altpapier in die Tonne. Zufrieden schaute er auf eine Wohnung, die beinahe so gut aufgeräumt war, als wäre Claudia nie abwesend gewesen. Bis auf die Kartons und die neu gestrichene Wand des Schlafzimmers natürlich. Claudia, davon war er überzeugt, würde begeistert sein.

Dann fuhr er mit seinem Kleinwagen zurück in die Stadt, wo er mit viel Glück in der Nähe der Straße *Sieh-um-Dich* noch den letzten Parkplatz ergatterte. Als er vor dem Haus in der Christophstraße stand, in welchem Rosi wohnte, störte es ihn, dass seine zukünftige Schwiegermutter auf sein Klingeln hin nicht gleich die Haustür öffnete. Zwei-, dreimal klingelte er, schließlich schlüpfte er ins Haus, als eine ihm unbekannte Bewohnerin durch Zufall herauskam. Er rannte die Treppe hoch und klingelte an der Tür. Vergebens. Als er sich an die Wohnungstür lehnte, ging diese auf. Langsam betrat er die Wohnung.

„Rosi?", rief er mit verhaltener Stimme.

Doch er erhielt keine Antwort. Thomas wurde es mulmig zumute.

„Rosi?" Seine Anspannung stieg. *Was ist mit Rosi?* Seinen ganzen Mut zusammennehmend ging er weiter bis ins Wohnzimmer. Hier war niemand. Auf dem Couchtisch stand ein Weinglas, halb leer. *Rosi trinkt doch gar keinen Wein*, dachte er. Im Aschenteller lag eine ausgebrannte Zigarette. *Rosi raucht auch nicht.* Ein Stuhl lag auf der Lehne, die Blumenvase war umgefallen, und das Wasser tropfte noch auf den Boden. *Hier hat ein Kampf stattgefunden, und das ist noch nicht lange her*. Entgegen allen Konventionen betrat er ihr Schlafzimmer. Das Bett war unberührt, Küche und Bad ebenfalls verwaist, Rosi wie vom Erdboden verschluckt. Was ging hier vor sich? Der Tisch war liebevoll gedeckt, wie in Erwartung eines Gastes, aber die Wohnung war leer.

Was mach ich jetzt bloß? Thomas war ratlos. Unschlüssig durchschritt er das Wohnzimmer. Schließlich nahm er das Telefon von der Station und versuchte, den Kommissar zu erreichen. Man teilte ihm aber freundlich mit, dass der Herr Hauptkommissar in Luxemburg sei.

„Können Sie mich denn nicht mit dem Kommissar verbinden?“ „Nein, tut mir leid“, erwiderte die Stimme am Telefon.

„Aber es ist *sehr* wichtig!“, beharrte Thomas mit dem Mut des Verzweifelten. „Es geht um eine Entführung!“

„Um was?“

„Um eine Entführung! Ich bitte Sie, mich umgehend mit dem Kommissar zu verbinden!“

„Einen Moment mal.“

Thomas war verzweifelt. *Hier geht wertvolle Zeit verloren, und dieser beschränkte Tölpel kapiert überhaupt nichts ...!*

„Wer sind Sie eigentlich? Sie haben sich nicht einmal vorgestellt.“

„Ich habe Ihnen gerade vor zwei Minuten gesagt, dass ich Thomas Weber heiße, und dass ich mich hier in der Wohnung meiner zukünftigen Schwiegermutter befinde, die entführt worden ist.“ Thomas wurde immer ungeduldiger.

„Moment mal, was lässt Sie überhaupt auf eine Entführung schließen?“

Thomas' Geduld war am Ende. „Verbinden Sie mich bitte mit Kriminalhauptkommissar Ralf Petry, er ermittelt im Mordfall Mohr, das war mein Schwiegervater. Meine Braut ist entführt worden, und jetzt wird meine Schwiegermutter vermisst. Ist das nicht genug, um mich zu verbinden? Mit Ihrer dämlichen Bürokratie vergeuden wir nur wertvolle Zeit!"
„Bitte bleiben Sie am Apparat!"

Dann dauerte es noch eine gefühlte Ewigkeit, bis Pif sich meldete und Thomas ihm die Lage erklären konnte.
Pif schaltete das Telefon auf Lautsprecher, machte seinen Kollegen ein Zeichen und forderte Thomas auf, den Ablauf erneut zu schildern.
„Meine zukünftige Schwiegermutter ist entführt worden", wiederholte Thomas.
„Thomas, wo befinden Sie sich jetzt?", fragte Pif.
„In ihrer Wohnung."
„Bleiben Sie da, rühren Sie nichts an, wir kommen."

Ehe Petry sich auf den Weg machte, bestellte er die Trierer Spurensicherung in Rosis Wohnung.

Kaum eine halbe Stunde später standen ein halbes Dutzend Wagen mit Blaulicht in der Christophstraße. Thomas hatte wohlweislich die Haustür sperrangelweit geöffnet, sodass das Ermittlerteam, ohne Zeit zu verlieren, hinaufstürmen konnte. Die Leute von der Spurensicherung waren bereits bei der Arbeit.

„Ich danke Ihnen, dass sie so rasch kommen konnten", begrüßte Thomas Kommissar Petry, der von René und Inspektor Karl begleitet wurde.
„Kommen Sie", lud Pif ihn ein, „wir setzen uns in einen Wagen, um die Lage zu besprechen. Hier können wir nicht bleiben, hier gibt es jetzt zu viel zu tun, da stören wir nur."

Als sie in einem Mannschaftswagen Platz genommen hatten, nahm Petry das Heft in die Hand.
„Thomas, nun überlegen Sie einmal, *wer* könnte die Frau Mohr mitgenommen haben? Sie kennen die Familie doch am besten."
„Ich wüsste nicht, wer ihr gefährlich werden könnte", erwiderte Thomas. „beim besten Willen nicht. Sie ist so eine liebe Frau. Und von Spannungen in der Nachbarschaft hat sie nie berichtet."

Petry schaute Inspektor Karl fragend an.

Einmal angenommen, überlegte er, *niemand aus dem Umfeld würde ihr Böses tun wollen, so verdichtet sich doch immer mehr der Verdacht auf jene Verbrecher, denen Karl an den Kragen will. Zwei sind eliminiert, die Elvira sitzt fest, wer bleibt dann noch? Der Beauvais und eventuell der Pförtner. Welche Rolle spielen die? Und warum gerade die Frau Mohr? Weder sie noch ihr Mann hatten je Kontakte zu der tschechischen Organisation. Wenigstens haben wir nie etwas Entsprechendes in unseren Unterlagen gefunden.*

„Welche Art von Frau ist Ihre Schwiegermutter, also ich meine vom Wesen her?", mischte sich René nun in das Gespräch ein.
„Lieb und gutmütig. Habe ich ja bereits gesagt", versuchte Thomas Rosi zu charakterisieren. „Keine akademische Ausbildung und eher bescheidene Bildung. Aber eines kann ich ihr bescheinigen: Sie versteht es recht gut, ihre Umgebung zu manipulieren, wenn es denn einmal sein muss. Und sie kann sehr logisch denken."
„Gerät sie schnell in Panik?", wollte Karl wissen.
„Oh nein, das nicht."

„In dem Fall könnte ich mir denken", resümierte Pif, „dass sie einen Angreifer oder einen Entführer unter

Umständen beeinflussen und steuern könnte. Besonders, wenn sie den Täter kennen sollte. Was haltet Ihr von der Theorie?“ Er schaute in die Runde.
„Das, Herr Kommissar“, entgegnete Thomas, „traue ich ihr zu. Ja.“
„Dann denken wir mal weiter. Das Glas Wein, die Zigarette im geschlossenen Raum; den Mann muss sie kennen. Und es sieht ganz danach aus, als ob es nur einer gewesen ist. Vielleicht sind die beiden nur in die Stadt noch etwas einkaufen gegangen?“
„Dazu passt aber die aufgebrochene Tür nicht! Und der umgefallene Stuhl ebenso wenig“, gab René zu bedenken.

Thomas hatte eine Idee. „Herr Kommissar“, sagte er, „sie hat ihr Handy dabei. Ich habe bereits mehrfach versucht, sie anzurufen, aber sie ging nicht dran. Das Handy lässt sich doch orten.“
„Versuchen Sie es ein weiteres Mal.“

Thomas drückte die Wiederholungstaste. Nach dem vierten Läuten wurde abgehoben. Ein Mann war am Apparat. „Hallo?“
„Wer sind Sie?“, fragte Thomas geistesgegenwärtig.
Der Mann nannte seinen Namen. „Ich habe das Handy beim Spazierengehen am Pacelliufer auf dem

Mittelstreifen gefunden, weil es geläutet hat. Ich war aber zu langsam. Und da ich es nicht entsperren konnte, konnte ich auch nicht zurückrufen. Gut, dass Sie sich jetzt melden."

„Wo sind Sie denn jetzt?"

„Ich bin zuhause. Morgen wollte ich das Handy eigentlich zur Polizei bringen."

„Haben Sie gesehen, wer das Handy weggeworfen hat?"

„Nein, das habe ich nicht gesehen. Ich weiß ja auch nicht, wie lange es bereits da gelegen hat, bin erst durch das Läuten darauf aufmerksam geworden."

Die Kommissare platzten schier vor Ungeduld. Pif entriss Thomas das Handy.

„Kriminalhauptkommissar Petry hier", meldete er sich, „geben Sie mir Ihre Adresse, ich lasse das Handy bei Ihnen abholen." Er notierte die Adresse und schickte eine Streife vorbei.

„Pacelliufer … Pacelliufer, stadtauswärts also. Und vermutlich wurde das Handy aus dem Auto herausgeschleudert", sinnierte er.

Plötzlich leuchteten Thomas' Augen. „Ich weiß jetzt, wo Rosi sich befindet! Ja, warum bin ich nicht gleich darauf gekommen! Los, Herr Kommissar, worauf warten Sie noch? Hoffentlich kommen wir nicht zu spät!“

„Herr Weber“, protestierte Petry, „nun mal ganz schön mit der Ruhe. Erzählen Sie uns erst einmal von Ihrer Vermutung.“
Als Thomas ihm den ganzen Sachverhalt von der Moselburg erklärt hatte, wiegte Petry den Kopf und murmelte: „Da könnte in der Tat was dran sein.“ Er bat die Leute von der Einsatztruppe, die Dienstwaffe, schussichere Westen, Megaphone und Lichtstrahler mitzubringen. Es dauerte noch eine ganze Weile, dann setzte sich der Konvoi in Bewegung. René und Karl begleiteten Pif und Thomas.

45

Als Jack aus der Moselburg heraustrat, sah er Rosi brav auf der Bank sitzen. *Gut,* dachte er, *sie hat das Gespräch nicht mitbekommen.* Er näherte sich der Bank mit erheblichem Groll. Groll über die Situation, in der er sich jetzt befand, Groll über den Befehl seines Chefs, schließlich aber auch Groll auf sich selbst. Töten war für ihn nie ein Problem gewesen. Doch bisher hatte er nur fremde Menschen ins Jenseits befördert, und niemals eine Frau; schon gar nicht eine Frau, die er früher einmal geliebt hatte. Wenn er aber selbst mit heiler Haut davonkommen wollte, blieb ihm keine andere Wahl.

Fest entschlossen, endlich klar Schiff zu machen, ergriff er Rosi an den Haaren und zog sie hoch. Mit der anderen Hand hielt er ihr seine Waffe zwischen die Augen.
„Wo ist Claudia?", brüllte er sie an.

Über diese gefährliche Wende, die so unerwartet eintrat, war Rosi zutiefst erschrocken. Für einen Moment lang setzte ihr Herz aus, ihre Beine zitterten, sie musste hüsteln, ganz entgegen ihrem Willen. Der Lauf der Waffe bohrte sich fester in ihre Stirn.

Mit der anderen Hand hielt Beauvais sie am Arm fest.

Rosi hatte nichts mehr zu verlieren. In ihrer Not schrie sie ihn an „Du wirst doch die Mutter deiner Tochter nicht umbringen?!"
Der stahlharte Griff an ihrem Arm lockerte sich, die Waffe senkte sich leicht.
„Was faselst du da? Meine Tochter? Glaube ich nicht."
„Dann sieh sie dir doch einmal an! Sie hat *deine* dunklen Augen, *deine* Hautfarbe, *deine* Haarfarbe!"
„Ich habe sie ja noch nie gesehen!", wehrte er ab. „Aber ich kann es nicht glauben. Du lügst."
„Wenn ich es dir versichere!" Rosi wusste, dass sie hoch pokerte mit dieser Lüge. „Und warum kannst du mir das nicht glauben?", fragte sie ihn.
„Weil ich zeugungsunfähig bin."
„Das bist du vielleicht *jetzt*, aber das *warst* du nicht."
Hoffentlich glaubt er mir das, dachte sie, *er weiß ja nicht, dass Claudia erst gut elf Monate nach unserer Affäre geboren wurde.*

Immerhin lenkte es ihn ab. *Er soll ruhig daran knabbern,* dachte Rosi. Plötzlich sah sie im Hintergrund, wie eine schwarz gekleidete Person, offensichtlich ein Mann, hinter einem Busch in Deckung ging. *Das ist dieser Wolfgang,* schoss es durch den Kopf. Panik ergriff sie angesichts dieser neuen Lage der Dinge. *Jetzt ist es endgültig um mich geschehen … Und Thoma … wo bleibt Thomas?* „Was ist denn plötzlich mit dir los?“ Jack hatte mitbekommen, wie es um Rosi stand.

„Nichts“, hauchte sie und ließ sich fallen.

„Hoch!“, befahl er ihr. „Du sollst stehen!“

„Was macht das denn noch für einen Unterschied, ob ich liege oder stehe? He?“ Trotzdem versuchte sie, sich zu erheben. Plötzlich sah sie einen zweiten Mann im Hintergrund herumhuschen. *Wolfgang und noch ein Killer?,* dachte sie ängstlich. *Das halte ich nicht mehr aus. Wann ist endlich Schluss?* Sie ließ sich wieder fallen.

Jack erhob die Waffe und zielte auf Rosi. Ein Schuss fiel. Männerstimmen schrien: „Waffe weg!“

Schmerzerfüllt stöhnte Beauvais auf, nahm die Waffe in die linke Hand und schoss auf alles, was sich bewegte. Viermal. Die Männer schossen zurück, absichtlich leicht daneben, denn diesen Mörder mussten sie lebend einfangen.

„Waffe runter!“, schrie wieder einer der Männer.

Jack, der bereits auf dem Boden lag, zielte auf ihn und drückte ab.

„Sechs! Ende!“ Von allen Seiten stürmten die Leute vom Sondereinsatzkommando auf Jack zu, kassierten seinen leer geschossenen Revolver, überwältigten und fesselten ihn.
„Ich wollte sie nicht umbringen, glauben Sie mir!“, wehrte er sich.
„Das erzählen Sie anderen, nicht uns!“, raunzte Pif ihn an.
„Nein, ehrlich ... oder glauben Sie, ich hinterlasse in ihrer Wohnung Spuren, wenn ich sie hätte töten wollen? Ich habe noch nie Spuren hinterlassen. Vergessen Sie das nicht!“

Die Sanitäter, die Pif ebenfalls geordert hatte, eilten herbei und schauten nach den Verletzten. Vorsichtig hoben sie Rosi hoch. „Geht es?“
„Lebe ich noch?“, fragte sie zaghaft.
„Auf jeden Fall sehen Sie unverletzt aus. Haben Sie Schmerzen?“, fragte der Notarzt sie.
„Nein, ich glaube nicht.“
„Kommen Sie, wir bringen Sie in den Krankenwagen.“
„Wie geht es Ihren Leuten, meinen Rettern?“
„Zwei sind verletzt, aber nicht schlimm. Streifschüsse.“
„Und wie geht es dem da?“ Sie zeigte auf Beauvais.

„Der wird es überleben. Aber schießen wird der nie mehr, eine Kugel hat ihm den rechten Ellenbogen zertrümmert, als er auf Sie zielte. Zum Glück ging dadurch sein Schuss daneben.“

Als Rosi im Krankenwagen untersucht wurde, meinte sie erleichtert: „Wenn der überlebt, und das hoffe ich, dann habe ich noch eine Chance zu erfahren, was überhaupt gespielt wurde.“
„Jetzt brauchen Sie Ruhe, Frau Mohr. Ich lasse Sie einen Moment allein.“
„Auf keinen Fall!“ Rosi erinnerte sich wieder. „Da wurde noch Verstärkung angefordert. Es ist noch ein Killer unterwegs, ein gewisser Wolfgang. Der hier konnte oder wollte mich nicht töten.“
„Moment mal.“ Der Arzt holte sein Sprechgerät hervor und bat die Kommissare in den Wagen. „Das erzählen Sie denen.“

Als Petry und René den Wagen betraten, blickte Rosi sie dankbar an. „Meine Herren, wie kommen Sie eigentlich dazu, im richtigen Moment hier aufzutauchen?“
Noch ehe einer der beiden Kommissare antworten konnte, fragte Rosi: „Wo ist meine Tochter?“
Petry versuchte, sie zu beruhigen.

„Ihrer Tochter geht es sehr gut, Sie ist bei Kommissarin Tina, das hier wäre für Mädchen doch nichts gewesen! Die Claudia muss nur ihre Hand noch ein klein wenig schonen, sie hat durch eine falsche Bewegung ein Knöchelchen gebrochen, aber nichts Schlimmes."
„Herr Kommissar, Sie belügen mich. Ich will die Wahrheit wissen! Claudia ist bereits gestern in Luxemburg gelandet. Also, ich höre!"

„Frau Mohr", nahm Molitor das Heft in die Hand, „das stimmt, aber woher wissen Sie denn eigentlich davon?"
„Der Mörder da draußen, der Beauvais, der hat es mir gesagt. Und der weiß es von einem gewissen Wolfgang, wenn ich mich nicht irre. Nur weiß ich nicht, wer dieser Wolfgang sein könnte. Kann aber sein, dass er noch hierhin kommt. Zu Beauvais' Verstärkung."
„Da wissen Sie aber eine ganze Menge mehr als wir", staunte Petry. „Aber glauben Sie mir, liebe Frau Mohr, wir wollten Sie nicht aufregen."
„Ich rege mich aber gewaltig auf über Ihre Schönfärberei. Ich habe ein Recht darauf, die ganze Wahrheit zu erfahren!"

Wenn ich die mal gut wüsste, dachte Petry, räusperte sich und sah seinen Kollegen Molitor etwas hilflos an. Schließlich erzählte er Rosi von Claudias Odyssee „Verstehen Sie nun, Frau Mohr, dass wir nicht gleich, nachdem Sie hier nervlich so grausam beansprucht worden sind, mit der Tür ins Haus fallen wollten?"

Rosi murmelte etwas und war heilfroh, dass die Kommissare es nicht verstanden hatten.

„Wenn Sie sich gut genug fühlen, bringen wir Sie jetzt zu Ihrer Tochter. Wenn der Notarzt keine Bedenken hat, natürlich."

46

Claudia war aufgewacht und ließ sich von Tina erzählen, was sich in den vergangenen Stunden zugetragen hatte.
„Frau Kommissarin, da habe ich ja einiges verpasst."
„Frau Mohr, ach, ich darf doch Claudia sagen, oder? Ich bin die Tina."
„Natürlich dürfen Sie das, Tina."
„Claudia, wie steht es mit den Schmerzen in Ihrer Hand?"
„Ach ja … was ist eigentlich mit meiner Hand? Da tut nichts weh!" Claudia wunderte sich über den dicken Verband.
„Sie haben zwei Mittelhandknochen gebrochen, aber das wird schon wieder", antwortete Tina.
„Und Sie, Tina?"
„Nicht schlimm, ich habe nur das Knie lädiert. Das muss ich jetzt eine ganze Weile hochlagern und schonen."
„Weiß meine Mutter Bescheid? Und Thomas, was ist mit Thomas?", wollte Claudia wissen.
Tinas Handy klingelte. Sie schaute auf das Display und meldete sich.
„Chéri, schön dass du anrufst, wann kommst du, um mich abzuholen?"

Sie hörte eine ganze Weile zu, offensichtlich hatte René ihr viel zu erzählen. „Ja, geht in Ordnung, gute Fahrt! Bis nachher.“

„Gibt es Neuigkeiten?“, fragte Claudia gespannt.
„Allerdings. Ihre Mutter und Thomas sind auf dem Weg zu uns. Und Sie sollen den Arzt fragen, ob Sie nachher mit ihnen nach Trier zurückfahren dürfen.“
„Dann ist ja endlich dieser Albtraum vorbei!“
„Nicht ganz, Claudia. Da sind noch einige Sachen, die aufzuklären bleiben.“
„Und das wäre?“
„In Ihrem Rucksack befindet sich das Foto eines Mannes. Wir wüssten gerne, woher sie das Foto haben.“
Claudia musste in ihrem Gedächtnis kramen, um sich an das Bild zu erinnern, welches sie am Hauptmarkt aufgenommen hatte. „Dieser Kerl machte sich an meine Mutter heran“, erzählte sie schließlich. „Und sie schien ganz angetan von ihm zu sein. Ich bin ihnen nachgeschlichen und habe das Bild aufgenommen, um eventuell herauszubekommen, was der Kerl von meiner Mutter will.“
„Sie hatten recht mit Ihrer Verdächtigung. Der Kerl hat Ihre Mutter aushorchen wollen. Er musste in Erfahrung bringen, wie weit die polizeilichen Ermitt-

lungen im Fall Ihres Vaters fortgeschritten waren. Denn der Kerl steckt in dem Fall mittendrin."
„Als Mörder meines Vaters?"
„Vermutlich nicht, aber jedenfalls als Mitwisser. Den haben Commissaire Molitor und Hauptkommissar Petry soeben festgenommen."
Claudia fiel ein Stein vom Herzen.

Tina traute sich nicht, ihr mehr zu erzählen. Sie würde alles noch früh genug erfahren.

Epilog

Heute, einen Monat später, hatte sich das Leben wieder normalisiert.

Claudias Hand war genesen, und sie konnte Thomas helfen, die Kartons auszuräumen. Neuerdings unterstützte sie seine Promotionswünsche. Die Wand im Schlafzimmer erstrahlte in warmen Violett- und Brombeertönen.

Der inhaftierte Jacques Beauvais hatte ein umfassendes Geständnis abgelegt und wollte als Kronzeuge in ein Zeugenschutzprogramm aufgenommen werden.

Die kleine Cessna, die vor einem Monat auf dem Flugplatz in Föhren gestartet und kurz vor der Landung in Prag an einem Berg in unzugänglichem Gelände zerschellt war, hatte man endlich geborgen. Aus den gefundenen Unterlagen ging hervor, dass der Pilot fünf verschiedene Identitäten benutzte und Chef einer europaweit operierenden verbrecherischen Organisation war. Ein Freitod konnte nicht ausgeschlossen werden.

Zwei Urnen wurden heute nach Prag überführt.

Inspektor Karl war ein Orden für seine außergewöhnliche Leistung, einen international agierenden Fälscherring der Pharmabranche zerschlagen zu haben, überreicht worden. Von nun an trug er den Titel *Chefinspektor*.

Die Trierer Staatsanwaltschaft hatte Klage gegen den Inhaber Bernd Albers und zwei leitende Angestellte der Firma Baco wegen Betrugs in besonders schwerem Fall und wegen Gesundheitsgefährdung eingeleitet.

Kommissarin Tina absolvierte heute die Jungfernfahrt mit ihrem neuen Audi S3.

In einem Festakt würde heute Abend Thomas' Geschichtsprofessor das Ergebnis seiner Recherchen über Graf Siegfrieds Moselburg veröffentlichen.
Als Ehrengäste würden anwesend sein: Frau Rosi Mohr, Herr Thomas Weber mit Claudia Mohr, seiner Verlobten, sowie Señor Juan de Arriaga.

Eine große Luxemburger Kellereigenossenschaft hatte sich, in Anbetracht der Ereignisse rund um die

Moselburg, bereits folgende Bezeichnung sichern lassen:

Château Grof Siggi

Pinot Gris

Grand Premier Cru

Weitere Bücher von Rita Wennmacher:

Wa mir de René net hätten! ISBN 978-3-940760-15-9

Pif, lo sinn ech awer paff! ISBN 978-3-940760-20-3

Tina, du kenns keng Gefor! ISBN 978-3-940760-31-9

Das Keltendenkmal: ISBN: 978-3-940760-44-9

www.verlag-smo.de

www.rita-wennmacher.de

w w w . v e r l a g - s m o . d e